LABERINTO
CVRRUSEL

MARTÍN CÁLIX

Laberinto carrusel
Martín Cálix
Primera edición, 2023 ©
Diseño de portada: Knny Reyes
Diagramación y cuidado editorial: Óscar Estrada
134 páginas, 5.25" x 8"
ISBN-13: 978-1-942369-96-7
ISBN-10: 1-942369-96-4
Impreso en Estados Unidos.

Casasola LLC
casasolaeditores.com
info@casasolaeditores.com

LABERINTO CARRUSEL

MARTÍN CÁLIX

www.casasolaeditores.com

Laberinto carrusel

I said, hey honey, take a walk on the wild side.

Lou Reed

MARÍA LUISA

LA VIEJA LO VE ahí tirado. Está medio muerto, quejándose de dolor. Ella podría ayudarle a levantarse, echarle algo de agua para lavar un poco las heridas, pero atraída por los quejidos se queda como en trance con la cabeza en blanco, viendo aquel saco de carne con huesos, se ha quedado un poco hipnotizada, con la mirada puesta sobre la sangre que emana de su frente.

El viejo se queja de dolor y de miedo a morir porque era mucho pedir que se quejara solo por quejarse. Se queja. De tanto miedo se ha orinado encima. Su olor es fétido, de viejo. Los viejos huelen feo. Él lo sabe y por eso llora. Llora de verse viejo, meado, herido, tirado como las cosas inservibles. Su quejido es algo que asemeja la quebradura de un hueso —o algo agudo, quién sabe—, es un ruido de lata que atormenta incesante. La muerte lo ha venido a buscar, y parece que se ha arrepentido.

Finalmente ella reacciona y va por agua, pero no sabe si llevar agua en un balde para lavarlo, o agua en un vaso para quitarle la sed al pobre infeliz. Lleva las dos. De regreso, le tira una y la otra, apresurada, lo baña de agua fría y la otra se la deja caer en el rostro. El viejo cierra los ojos, los abre y los vuelve a cerrar, maldice como puede. Como puede, saca la lengua y moja sus labios. La vieja gime algo, le estira la cara y voltea los ojos.

—¡Puta! —le increpa.

—¡Puta será tu madre! —le contesta ella.

Se caga de la risa. Es casi una carcajada infernal. Él le enseña las encías desnudas. Ella le estira la trompa. No se dicen nada, pero luego de unos minutos, la vieja le ayuda a levantarse del suelo.

—¿Por qué me hacés esto? —reclama. Está furiosa, siente el calor de la sangre que le ha subido al rostro.

—Vos sabés que soy un artista —contesta él, sin más.

—No seás pendejo, pena debería de darte.

—¿Por qué? ¡La pena es para robar, pues!

El viejo tiene la barriga grande de tanto beber cerveza, y aunque él diga que ha engordado con los años, siempre la vieja lo devuelve a la tierra, le recuerda que es un alcohólico, que es como un animal indomable. Se queda callado, repara en la frente rota, sangra pero anestesiado por la borrachera que se trae ni siquiera siente que la sangre que sale en una pequeña línea y cae hasta su camiseta con un estampado de unas palmeras y la leyenda «Las Vegas», ha estado cayendo desde hace un rato. Pronto sentirá un mareo que no sabrá distinguir si es por el alcohol o porque las fuerzas no le dan para más.

—¿Te acordás cuando te cogía? —insiste, queriendo invocar un pasado común y lejano.

—¡No! —le responde ella, a secas, con una seria indiferencia en el tono de su voz, le responde como quien lleva el infierno atorado entre la garganta y los labios.

Quizá en algún tiempo fueron felices, quizá en algún tiempo ella lo amaba y se le entregaba con la devoción que poseen los amantes en las películas en blanco y negro. Pero ahora tienen sus cuerpos arrugados, tienen las marcas de una vida que a ella no le gusta recordar, porque recuerda que sí se la cogía, que se la cogía tan duro que terminaba sangrando del culo, porque cuando llegaba borracho, él la golpeaba y la cogía por el culo.

—¿No te acordás o no querés recordar?

—Sos un viejo pendejo.

—Sí, lo soy pero te amo, negra. Mi corazón está roto desde que me echaste de la casa.

El viejo la toma del brazo con el ímpetu de la desolación.

—Me hacés daño, solo a eso venís.

La vieja se suelta como puede, y le tira el balde vacío en el pecho. Lo golpea, pero él sigue anestesiado de tanto alcohol.

El viejo se queda callado. No reacciona. Tiene la mirada perdida, la cara del desconcierto. Sabe que la orfandad es todo lo que ahora le queda, volver a la calle a mendigar por un trago de agua ardiente, a mendigar por una baleada en El Guanacaste, donde las chicas se la dan a cambio de un poema. Sufre, el viejo siente que el corazón se le

11

cae a pedazos, siente frío, siente hambre, y siente la soledad más inescrutable que jamás ha sentido en su vida. Su mente divaga por un rato, sus ojos se enfocan en el balde que está en el suelo.

—Tenés razón, negra. —Le dice, con una voz suave como de arrepentimiento, pero ella ya no lo escucha.

Hace ya bastante que lo ha dejado solo, sentado a un lado de la pila donde le limpiaba la sangre de la frente. Lentamente la borrachera comienza a dejar su cuerpo, y algo muy parecido a un temblor lo invade, es la resaca que anuncia su terrible retorno. Le duele el cuerpo, le duele cada centímetro de su miserable existencia. Siente unos leves espasmos, más bien pequeños. Todo alrededor de su estómago se comienza a poner frío, en este momento es incapaz de pronunciar palabra alguna, por lo que —tomándose la enorme panza— cierra los ojos. Siente que el aire le falta, que no puede respirar. El cuerpo termina cediendo y se desploma junto con el alma. Siente que cae en algún lugar oscuro, en la oscuridad profunda, donde nadie puede reclamarle nada. Todo se ha vuelto un lugar silencioso, no puede escuchar otra cosa que su respiración acelerada, esas bocanadas de aire que intenta tragar para no morirse del miedo, y siente miedo en la intermitencia de sus latidos. El miedo lo domina. Pero hasta eso tiene un final, la sensación es la de estar en un elevador que va parando en cada piso. Y luego el zumbido, ese zumbido que antepone la caída final en la duermevela, y se apaga.

La vieja le tira agua en la cara, y él se despierta desconcertado, llevándose las manos al rostro, maldiciendo, pidiendo perdón, tratando de entender dónde está, pero el chorizo de regaños no lo deja reaccionar.

—Viejo pendejo. —Le inquiere ella, con una voz seca, como de árbol muerto.

—Negra, no seás así —le ruega.

—¡Qué negra ni qué ocho cuartos!

—¡María Luisa! —Alcanza a balbucear el viejo.

—¡Te me vas a la mierda! —Sentencia la negra.

Por más que quiere, el viejo no puede levantarse, la panza, enorme y fea le pesa más, o al menos eso es lo que él cree. «Soy un artista», piensa cada que las neuronas logran conectar.

RAQUEL

—QUIERO SER COMO Fiona Apple en *Across the Universe*, y siempre estar a punto de besar el cielo —dice la flaca, tocándose el ombligo. Fuma en intérvalos cortos entre cada sorbo que le da a la cerveza barata que toman quienes se emborrachan en Pío Rico.

La mirada de Roque se fija en el recorrido circular que los dedos de la flaca hacen sobre su estómago. Imaginándola como Apple, pero menos hermosa, piensa. La flaca usa el pelo corto —va rapada como una chica punk-feminista—, y habla poco, pero cuando lo hace dice ese tipo de cosas. Las cosas que suelen decir las personas que no se enteran en qué lugar están. Roque, en cambio habla mucho, pero esta vez —por raro que parezca— no dice nada. Toda su atención está sobre ella, la observa como un animal que caza la cena, como si estuviera a punto de tirársele encima cuando vuelva a inhalar de su cigarro, y vuelve a inhalar, él se la quiere comer, entonces también fuma para calmarse y ella para seguir en lo suyo, eso que parece muy importante: pensar en ser Fiona Apple. El viejo, está borracho y es patético como todos los viejos borrachos. Se soba la panza, que es una costumbre que desarrolló cuando esta le comenzó a crecer después de los treinta, se rasca el lado derecho del rostro con la mano izquierda, jugando con el pelambre alborotado de una barba rala y cada vez más escasa.

—¿No estás muy joven para saber quién es Fiona Apple? —Le pregunta el viejo.

—Entonces, ¿vos sos de esos? —Le responde ella a secas.

La flaca frunce el ceño, muerde el cigarro, queriendo escupirlo como un proyectil directo hacia el rostro de Roque.

El viejo baja la mirada porque no queda de otra, porque se ha dado cuenta que aquella situación puede resultar mal.

—¿De cuáles? —Resuelve.

—De esos machitos de mierda que van por ahí diciéndole a la mujeres qué hacer, qué escuchar. De esos que van por ahí diciéndole a las personas jóvenes que no están autorizadas para hablar delante de ellos. De esos analfabetas que no conocen el internet.

Roque se queda callado de nuevo, sabe que ella tiene razón, sabe que ella le ha liquidado en una discusión por demás estéril.

—Quizá… —suelta por fin, y continúa con su cigarro intentando un silencio inquebrantable, pero ya nada es inquebrantable, y menos en una cantina.

Todo comienza a ponerse inevitablemente tenso en la mesa, la voz de Fiona Apple sale disparada desde los parlantes que el cantinero ha ubicado —en un acto de extraña lucidez— en la parte de arriba del estanco. Así evita que salgan dañados en las peleas que cada tanto el grupo de parroquianos emprende con tal vocación, que aquello más que pelea, parece una coreografía debidamente calculada de golpes, insultos y escupitajos.

La flaca se levanta, tira la colilla al suelo y la remata con la punta de su bota. Dice que va a mear como si al mundo le importara siquiera un poco que ella vaya al baño, y sin quitarle la mirada de reprobación al viejo se levanta y camina hacia aquella porqueriza que en la cantina llaman baño. En silencio, quizá por la vergüenza de haber dicho algo indebido, o sencillamente por haber sido cuestionado por una jovencita completamente desconocida, el viejo continúa con su mirada tímida, como de tonto, siempre hacia el suelo, y ve sus zapatos sucios. Algo ha salido mal, algo lo desconcierta, le entran unas ganas irremediables de salir huyendo, de irse de ese lugar en donde no tiene ninguna autoridad o ya de perdida que las cervezas le hagan efecto para finalmente caer dormido en la silla que apenas y puede con él.

—Debe de ser una imagen hermosa verla mear. —Dice alguien a quien Roque no conoce, pero que está en la misma mesa que él.

—Una imagen poética. —Contesta el viejo, con el cigarro entre los dientes, sacándoselo de la boca y queriendo decir algo más, pero se contiene y vuelve a lo suyo, que lo suyo es fumar como quien fuma solo para pasar las horas.

En la mesa, además de la flaca, hay un par de mujeres. Una le mete la lengua a un tipo que el viejo no conoce, y no le interesa averiguarlo. La otra, es posible que estuviera acariciándose la vagina por debajo de la mesa, al menos eso es lo que cree que sucede, ella está como no estar, y a nadie parece importarle en lo absoluto su silenciosa presencia, da igual. El que le habló y al que le meten la lengua en la boca, son dos tipos feos, y parece que tienen las mujeres que se merecen. Son feos y estúpidos. Lo único por lo que Roque no ha salido huyendo de esta mesa es por la cerveza gratis que alguien paga, alguien que por supuesto no es él. Parece que varias horas y muchas cervezas han pasado en esta mesa, en este lugar oscuro que se vende como una pollera pero que todos saben que no es otra cosa que una cantina de mala muerte. El aburrimiento está por colmar al viejo. La flaca regresa del baño, todavía viene arreglándose las *leggins*, y se sienta en el mismo lugar donde estaba antes de ir a mear, justo al lado del viejo.

—Sacame de aquí, no seás pendejo. —Le dice la flaca al oído.

—Vayamos a mi apartamento —contesta el viejo.

Van al matadero, pero la presa no es ella, los papeles —él no se entera— se han invertido.

Buscan la salida de la cantina con prisa, se van sin decir palabra alguna, como dos almas que se las lleva el diablo, se despiden con un adiós apresurado por amabilidad quizá, aunque no haga falta, aunque en realidad no sirva de mucho. En la mesa ya nadie les presta atención. La flaca toma sus cosas que no son muchas, y el viejo camina detrás de ella, viendo su espalda, viendo su culo pequeño metido en aquellas *leggins*, viendo cómo se le marca el calzoncito de niña, como si eso fuera a protegerla, pien-

18

sa. «Más tarde no servirá de mucho esa protección», se dice Roque, con esa vocecita que siempre le habla desde su interior, y sigue caminando detrás de ella, babeando, convirtiéndose en aquella masa de carne y huesos que busca aparearse desesperadamente antes de morir, y aunque suele disimularlo a veces queda al descubierto.

La flaca prepara su línea de coca, y la inhala para poder sentir que existe. Dice que solo así existe. Las pupilas se le dilatan de inmediato, parece un animalito asustado, comienza a bailar una canción que solo ella es capaz de escuchar. El viejo la ve con la curiosidad con la que se aprecia lo desconocido. La ve bailar en ropa interior. Le gusta cómo encajan perfectos sus pechos pequeños en el diminuto sostén, y le gusta también verla metida en ese calzoncito rosado. Podría ser su hija. Quiere preguntarle la edad, pero tiene miedo de volver a cagarla, y entonces guarda silencio. No le dice nada, únicamente la ve bailar con la cadencia sexual de su juventud.

—¿Cómo te llamás? —Se decide a preguntar el viejo, mientras sus pulmones se llenan de alquitrán.

—¿Cómo querés que me llame? —Contesta la flaca, interrumpe su baile y cantonea su cuerpo.

—No lo sé.

—Entonces inventá un nombre para mí.

—¿Fiona? Aunque también podrías llamarte Eugenia o Emilia. La verdad es que me siento tonto haciendo esto.

—Bien… —y sigue bailando.

Al viejo todo esto lo desconcierta, lo lleva por un lugar al que no sabe si en realidad quiere ir. Se queda callado nuevamente. Ensimismado, recuerda cuando conoció a María Luisa, recuerda su vestido amarillo, recuerda de ella lo tímida y bella, quizá la belleza de su timidez era lo más abrumador de la negra.

Desde su iPhone, la flaca hace sonar *Walk On The Wild Side* y todo comienza, de pronto, a ponerse extrañamente sexy. La luz amarilla del foco de cien vatios que le baña medio cuerpo. Las paredes vacías. El sofá roto en el que se sienta todas las noches el viejo, por el placer de sentir que hay un último espacio en el mundo que es solo suyo.

La flaca baila, la flaca canta, la flaca y sus pupilas dilatadas por la cocaína. La flaca y sus caderas huesudas. Tiene tanta energía en ella que podría electrificar el alma del viejo, dejarlo tostado con un solo toque, enviarlo directo al lugar donde van todos los acabados que reciben su última dosis de amor en la vida, porque el sexo ocasional para los acabados es lo más parecido al amor. La flaca se periquea y baila para olvidar algo que no dice. Sus ojos se cierran y se abren con la cadencia que Lou Reed invade el cuartucho en el que mal vive el viejo desde hace unos meses. Antes de estar aquí deambuló por la ciudad durmiendo en el mejor de los casos tapado con cartones. Luego de un tiempo así, su hijo le pagó el alquiler para varios meses, lo sacó de la calle y lo acicaló. Pero en el fondo el viejo sabe que esta condición es momentánea, durará hasta que vuelva a recaer en el exceso.

El viejo la jala de un brazo, y ella hace que quiere resistir el llamado salvaje que ha comenzado a invadir a su único espectador. Lou Reed en *loop*, cuatro minutos con catorce segundos que se repiten una y otra vez, cuatro minutos con catorce segundos son la eternidad convertida en luz para el viejo. La flaca baila con sus manos en cruz tapando su diminutas tetas. El viejo la observa con la verga hinchada, se la acomoda cada tanto, se la acomoda para enviar un mensaje más que claro, innecesario y de mal gusto. En este momento el viejo ya solo puede pensar en la vagina de la flaca. Nada desea más en la vida, que morir si ella no abre las piernas para llevarlo dentro. Lou Reed es el tiempo que ya no existe, sino a través de ella. El viejo la jala de un brazo, y ella hace que quiere resistir, pero antes de caer torpemente sobre el cuerpo del viejo abre con ligereza las piernas, y solo entonces puede sentir la verga del viejo. Sonríe y con un movimiento tierno de sus caderas le anticipa el final.

—Me vas a matar pendeja.

—Entonces quiero morir con vos.

La flaca tiene la voz que poseen los suicidas, y le mete la lengua en la boca y el viejo se calla. Es mejor callarse.

No hay más ruido que el de sus respiraciones. Las manos grandes y gordas del viejo sostienen el culo de la flaca con facilidad, siente el arqueo de su cuerpo antes de que este se produzca. Le mete dos dedos en la vagina haciendo a un lado el calzoncito con estampado de sandías que lleva puesto. Se los mete y se los saca, ella frunce el ceño y se muerde los labios, cierra los ojos. Ya no hay punto de retorno para el viejo. Ha caído en ese lugar donde van a dar los escritores acabados que ya no saben cómo escribir, tampoco son capaces de extraer de la memoria los li-

21

bros que leyeron cuando eran jóvenes, en compensación, nadie los recuerda.

La flaca se separa con notable dificultad del cuerpo del viejo, se pone de pie cantoneando el cuerpo, parece que quiere decir algo, pero en lugar de eso solo extiende su mano derecha y hace una señal de «dame chance», y con la mano izquierda tapa una media sonrisa, un poco pícara, un poco infantil, un poco estúpida dadas las circunstancias. El viejo se acaricia el miembro, y le echa una mirada entera, una mirada enferma, la observa de pie, hermosa, su piel fresca y morena, su cabeza rapada, sus ojos inquietos. La flaca se da media vuelta para inclinarse sobre la mesita de madera que el viejo tiene en medio de la sala, y se prepara una línea que inhala profundo. El viejo se sienta al borde del sofá, ese sofá roto de tela a rayas que Federico —su único hijo— le compró en una tienda de segunda, «este será tu trono de ahora en adelante», le dijo su hijo. Extiende el brazo y con la palma de su mano en cucharita acaricia la vagina caliente de la flaca. Ella como que no se inmuta. Él le deja un rato la mano allí. La flaca entonces se acomoda para que la mano sienta entera la geografía de su entrepierna. Luego se da la vuelta. El viejo se levanta del sofá, quedan frente a frente, ella más bien a la altura de su pecho con el rostro hacia arriba, le pone las manos en el pecho, y el viejo nota sus largos y delgados dedos, las uñas cortas sin pintar, esas uñas mordidas quizá por la ansiedad de cocainómana que debe atacarla cuando anda en fresera.

Los restos de coca rodean la parte superior de su boca, el viejo le da una lamida delicada, ella lo observa callada, él se baja el calzoncillo. La flaca se le queda viendo, y toma su miembro entre sus manos. El viejo le da un beso en la frente y ella se arrodilla. El viejo cierra los ojos, siente que se viene, intenta como puede evitar que el chorro de semen salga disparado, pero la flaca es una experta. Succiona una vez, el viejo gime. Succiona otra vez, el viejo nombra a dios. Succiona de nuevo, y el viejo le llena la boca de leche.

—¿Te lo tragaste? Enséñame la boca, putita.

Le toma el rostro con las manos.

—¡Cogeme! —Suplica la flaca, y se pone en cuatro, inclinándose sobre el sofá.

El viejo respira profundo, siente que ha llegado el día de su muerte, se toca la verga para confirmar que la erección no se le ha bajado como cuando se hace la paja. Se la jala una vez. Se la jala dos veces. Le acomoda el culo, la flaca abre un poco las piernas, le corre a un lado el calzoncito, no se lo quita porque le gusta, porque lo excita verla en él. Toma su verga y se la mete, la flaca gime y dice algo que el viejo no logra entender.

Le agarra con fuerza de las caderas, y la penetra una segunda vez, ella vuelve a balbucear algo. Se la mete una tercera vez, esta vez con fuerza, ella hace un ruido que al viejo le parece hermoso, como el sonido del agua corriendo en un río. Se la mete dos veces más, y termina por llenarle la vagina de semen. El cuerpo de la flaca se arquea y tiembla. El viejo le acaricia la espalda con la palma de la mano, le gustan los huesos de su espalda, son las vértebras más hermosas que en su vida ha visto.

Un silencio posible solo entre dos cuerpos desconocidos después del sexo se hace en la sala. Lou Reed sigue en *loop*. Sigue andando el viejo por *el lado más salvaje de la vida* que conduce seguramente al olvido de los que ya no tienen nada qué decir. El viejo siente una extraña paz invadiendo su pecho, su corazón de pronto se siente intensamente vivo. Siente que podría llorar, que podría decirle a la flaca que la ama. Ella, en cambio, se enciende un cigarrillo royal —esos cigarros baratos que saca de su bolsón de estudiante de secundaria— y se sienta desnuda en la mesita después de quitarse el calzón y con él se limpia la leche que el viejo le ha dejado. Pone su culo ahí donde antes inhaló las dos líneas de coca que la hicieron volar. El viejo se sienta con las piernas abiertas en el sofá, delante de ella. No dicen nada, en silencio comparten el cigarro.

—Me gusta tu chochito.

—No seás sucio, loco —responde ella, sonriendo.

—¿Fiona?

—No me llamo Fiona, no seás pendejo.

—¿Entonces cómo te llamás?

—Raquel, como mi madre, como su madre también.

—¿Raquel? Es un bonito nombre.

—Bonita tu verga.

—¿En serio?

—¡Ay, ustedes los hombres! —La flaca se ríe del viejo.

El viejo quiere entender, pero por más intento posible, no encuentran más que silencio entre ellos. Comparten su indivisible silencio. Sentada frente al viejo en esa mesita de sala, la flaca abre las piernas para que el viejo la vea, a él esto le produce una segunda erección casi de inmediato, ella se inclina un poco para atrás apoyándose en sus manos, dejando que la luz caiga sobre su vientre. Un par de minutos así, como posando para una fotografía que nadie hará. Luego se levanta y le gusta ver al viejo con su erección, entonces se sienta en él, llevándoselo entero hacia su interior calentito. El viejo gime, hace un rostro terriblemente orgásmico, entonces la flaca sabe que lo tiene, que la bestia es suya, que puede matarlo si quisiera, que puede, en suma, hacer lo que le plazca con él.

Le susurra algo al oído, pero él no presta atención, con sus manos toma el rostro cansado del viejo, y por primera vez se ven, solo entonces se da cuenta que el color de los ojos de la flaca son de un color bastante parecido al de la miel purísima, sin contaminar, dos gotas de ámbar incrustadas en ese rostro mestizo. Le parece estar viendo los ojos más hermosos del mundo. Ella hace lo suyo, mueve sus caderas en círculos suaves, entonces se atreve: «me gusta tu libro, lo amo, me parece una cosa hermosa». La flaca comienza a acelerar el movimiento de sus caderas después de lanzar una confesión que para el viejo no tuvo importancia, porque lo que de verdad le importa es que su final está escrito, que poco o nada tiene que hacer, que no hay defensa posible contra el demonio que comienza a devorar su alma con tal devoción que podría decirse que es una escena profundamente tierna, ver el miedo en sus ojos. El miedo de ser disuelto en la humedad de la flaca.

Siente el calor húmedo de la vagina que succiona su alma y su verga. El cuerpo del viejo está con la flaca en la penumbra de ese pequeño apartamento de la avenida Miguel de Cervantes, pero su alma está en otro lado, su alma está a años de distancia hacia atrás de ese preciso momento, su alma está en aquella vez que María Luisa y él hicieron aquel único viaje al mar, y entonces ella por fin dejó que el viejo la viera desnuda por primera vez, tendida de espalda sobre aquella cama de sábanas blancas en la habitación 36 del Hotel Pacífico, su alma está en ese momento en el que el viejo apagó la colilla de su cigarrillo en el cenicero sobre la mesa *art deco*, antes de acariciar con sus manos llenas de alquitrán la espalda delgada y tersa de María Luisa. Tenían veintidós años entonces. Lo recuerda, mientras que un segundo chorro de leche se deposita en el interior ardiente de la flaca. Ella gime, gime tan fuerte que el sonido de sus gemidos, el viejo los percibe como el eco que lo devuelve de ese recuerdo que no sabía que tenía. Y cuando todo ha terminado, la flaca se tiende sobre su pecho, y él la abraza con ternura, la abraza como si en lugar de abrazar a la flaca abrazara a María Luisa.

Al viejo le gustaría que siguieran así para siempre, de repente siente un vacío en la boca del estómago, un vacío que hace muchos años sintió. Es la sensación fría de la soledad. La sintió por primera vez el día que la negra le dijo que tenía que marcharse de casa, que no quería verlo más, que nada le provocaba más asco en la vida como la idea de seguir durmiendo a su lado. Aquel día lloró, el viejo lloró desconsolado en la primera cantina que encontró. Desde entonces ha perdido cada trozo de vida que ha podido entre las piernas de las prostitutas de las cantinas y en toda la cerveza y agua ardiente que el mundo le puede ofrecer. Al viejo lo invade la sensación de querer amar profundamente de nuevo, pero el miedo lo aterra, ese miedo que proviene de la parte racional de su existencia, esa que está allí, en lo más profundo de sus memorias, esa que le dice que lo de esta noche solo ha sido un polvo, que el suicidio es algo muy parecido a amar de manera repentina, que la incertidumbre es un camino por el que él no debe transitar de nuevo.

Acaricia la espalda de la flaca con la yema de sus dedos, acaricia sus huesos, acaricia su cabeza rapada, acaricia sus brazos, y en ellos, las marcas de un pasado que a la flaca le avergüenza contar, es por eso que cuando siente que el viejo pasa sus manos sobre sus brazos, ella hace que los esconde llevándoselos a su estomago, acomoda el rostro en el pecho del viejo y no dice nada. Él tampoco dice cosa alguna para no estropear el momento. Comparten un indivisible silencio, único.

La flaca es el camino más salvaje que tiene frente a él. Lo sabe. Lo ve. Es el momento en el que se da cuenta de que ella es tan salvaje como la ciudad, ella es la materialización de aquello que afirman, que Tegucigalpa es una ciudad habitada por dragones.

Medio rayo de luz ilumina su nariz, esa nariz recta y pequeña. Su rostro es la combinación perfecta de las cosas pequeñas. El viejo se le queda viendo como si contemplara la ternura en sí, como si el mundo entero que está afuera caminara en cámara lenta y de él solo llegara un sonido seco que es en realidad el sonido de un corazón que está muriendo.

—Vamos a la cama, cariño. —Le dice, llenando un susurro tierno con la húmeda contemplación de lo perdido.

—No, no puedo —responde a secas.

—Pero ya es tarde, Fiona, ¿cómo que te vas?

—Sí, ¿en serio pensabas que me iba a quedar a dormir?

—No lo sé... —duda en decirlo—. La verdad es que sí. —Dice, poniendo sus enormes y gordas manos sobre sus hombros huesudos y pequeños.

—No viejo, me tengo que ir. Estuvo rico el polvo, pero no me quedaré a dormir.

La flaca se levanta, se le quita de encima desprendiendo su cuerpo del cuerpo desnudo del viejo y se para frente a él. Bañada por la luz del tímido foco en la sala del apartamento de mala muerte donde vive Roque. Comienza a ponerse la ropa, el calzón lo guarda en su bolsón de colegiala, y se enfunda en las leggins, y una camiseta con la insignia de los Ramones estampada en el pecho. El viejo la ve como se ve el mar y su furia de animal metálico. La flaca saca de su bolso el paquete de royals, se pone uno en la boca y lo enciende como quien enciende una línea delgada de sueño.

—¿Querés uno? —Le dice, y extiende el brazo hacia la altura del rostro del viejo.

—Sí, si es lo único que me darás hoy.

—Sos un cínico de mierda, ¿lo sabés, verdad?

—Sí, ¿pero qué le voy a hacer? —Sentencia el viejo.

—Leí tu libro, te dije, ¿no me escuchaste?

28

—Esa mierda no la escribí yo.

—No, ¿entonces quién? ¿Lo plagiaste? —Y hace que se da un tiro en la cabeza con la mano derecha.

—Alguien que se parece mucho a mí, pero ya lo maté, no existe más. Ni él ni ese libro de mierda. Ni él ni su pasado de mierda. Ni él ni María Luisa.

—Ah, lo que tenemos aquí es a un poeta enamorado con el corazón roto. Pobre gatito. Ya jodimos.

La flaca le suelta una carcajada infernal.

El viejo se siente expuesto. Siente que ha hablado de más. Ella hace una llamada. Más o menos explica la dirección, y cuando parece haber escuchado la respuesta que quería, cuelga, inhala del cigarrillo. Se le queda viendo al viejo. Quizá lo vea, quizá no. Lo cierto es que sus ojos inquietos lo ven directo al rostro, buscando quizá el reflejo de eso que el viejo acaba de decir y él baja el rostro, se avergüenza de todo lo que es, de todo lo que alguna vez fue, de todo lo que pudo construir y no construyó, se avergüenza de ser quien es.

—Le hago huevos, ¿sabés?, lo que pasa es que estás muy pequeña para saber lo que es en realidad sufrir en esta vida, en esta ciudad.

—Vamos hombre, tu libro no es malo, hasta se ganó un premio.

—Eso no significa nada, lo que de verdad importa, no está dicho allí.

—¿Y por qué no lo escribís?

—Porque se me acabaron las palabras.

—Ok nene, pero intentalo, y algún día quizá lea lo que allí no está.

La interrumpe la llamada entrante en su teléfono, entonces se despide dándole un beso apresurado en la frente.

—Volvé a escribir, no seás pendejo.

La flaca contesta la llamada y le dice a quien esté del otro lado, que ya va, que va saliendo. El viejo entonces retoma su soledad donde antes la había dejado, descompuesta, triste, agazapada, tiritando entre la luz de un televisor en blanco y negro que de viejo ya no hace bien la recepción de los canales y una pila de libros maltrechos, húmedos, que ya nadie lee. El golpe de la puerta lo descompone, y sin más remedio, se deja caer en su miseria nuevamente. Termina el cigarrillo, y tira la colilla dentro de una botella medio vacía de una caguama que no terminó de beber. Se levanta del sofá y se tira, enorme y desnudo, sobre la cama, de la que parece no haber cambiado las sábanas y ordenado en días. «Charles Bradley, viejo Charles, esto sí que es duro, querido» dice, susurrando con la almohada sobre su cabeza. Lentamente se va quedando dormido. Y dormido, es el único momento en el que parece que no siente nada, quizá si siente es algo parecido a la ternura, sobre todo cuando sueña con María Luisa, cuando sueña que la negra lo ama, cuando lo que cree que recuerda, es aquellos días en los que recién se conocieron y la felicidad lo desbordaba por completo.

Nada es más cierto que su soledad, excepto el amor que aún tiene por aquella mujer, y por Federico, el único fruto de ese amor que alguna vez lo fue todo. Y cuando el viejo se queda dormido con el recuerdo de su hijo, su corazón entra en un estado de tranquilidad absoluta, esa que solo puede sentir un padre, aunque no lo haya visto en días, o meses, Federico jamás le reclama algo. Es el único vínculo con la ternura, con María Luisa.

Federico es lo único que evita que se suicide, porque borracho siempre se dice, viéndose en el espejo sucio del baño, que jamás provocará herida tan grande en el corazón de su hijo. De solo imaginarlo el viejo es invadido por una congoja profunda. ¿Qué haría si un día le faltara su hijo?, se lo ha preguntado tantas veces, y tantas veces ha llorado borracho y solo en el baño de ese apestoso y húmedo lugar al que llama hogar. Federico había sacado su nariz, pero lo que más enorgullece al viejo, es ver en los ojos de su hijo, los ojos de María Luisa. Y siempre que se lo encuentra, le toma el rostro con las dos manos, y le dice que es lo más hermoso que en su vida ha visto. Le pide perdón por ser un alcohólico, por no haber estado con él muchas noches, por no haberle leído hasta quedarse dormido. Y Federico, que casi no dice nada, le toma las manos y le responde que lo ama, que no pasa nada. Entre los dos siempre ha existido cierta complicidad solo posible entre un hijo con su padre. Esa que a lo mejor no se entiende fuera de las fronteras de ese amor.

Su madre siempre le reclama a Federico, quisiera que de una vez el muchacho dejara de buscar al viejo, que de una vez el viejo se muriera porque quizá así ella podría encontrar algo de paz. Eso dice, y le dice también a Federico que es un pendejo, que el viejo le ve la cara, que le dice que lo ama para sacarle dinero porque solo así puede seguir bebiendo. Federico le dice que lo sabe, que se entera, que no es un pendejo, que el dinero se lo da para

31

que no tenga que pedirlo a otros, pero que es cierto que lo ama, que lo ha visto en sus ojos. Y la negra se molesta más, algo le aprieta la boca del estómago, es ese profundo resentimiento que siente hacia Roque convertido en una acidez estomacal que va y viene cada que se molesta con Federico o con el viejo, o con los dos que siempre suelen estar de cómplices para hacerla enojar.

—Ustedes dos siempre andan haciendo pendejadas para hacerme enojar —le dice María Luisa a su hijo— y eso me hace querer vomitarlo todo.

Los reclamos constantes de su madre no merman nunca el amor de Federico por su padre. Por eso siempre lo busca en las tardes después de las cinco en las cantinas del *downtown*. A veces lo encuentra metiéndole mano a las putas, otras lo encuentra dormido sobre una mesa, entonces paga lo que ha bebido, y se lo lleva a su apartamento de clase media en Las Lomas.

Cuando el viejo sueña con María Luisa siente algo muy parecido a la ternura. Cuando la negra lo visita en sus sueños el viejo siente que la vida es eterna, que todo lo que alguna vez fue bello y amado vuelve a él. Por eso le gusta soñar con ella. Le gusta soñar ese sueño donde él camina por un pasillo, y avanza hacia el final donde se encuentra con unas escaleras que están pintadas con tiza blanca, entonces baja las escaleras y al final del descenso encuentra sobre una mesa un televisor en estática, conectado a un VHS, y en este un videotape que se encuentra incrustado. Lo empuja sin dudar, y el videotape se reproduce automáticamente, y las imágenes son sus recuerdos con María Luisa, recuerdos donde la negra ríe y se le ve feliz, los recuerdos más felices que ellos construyeron juntos están registrados en esa cinta imaginaria. El viejo siente una presencia, y ve hacia arriba, donde está la negra pintando el suelo con la tiza.

—Te ves muy guapo amor mío. —Escucha la voz de María Luisa en el sueño, arriba de las escaleras.

El viejo enmudece, porque siempre enmudece al ver la felicidad siendo ella. Y corre para explotar en un abrazo con la negra, pero nunca llega, nunca alcanza su cuerpo, se despierta y entonces llora desconsolado, como aquel día en el que la negra le dijo que no lo amaba más.

Desde que empezó a tener ese sueño sabe con la certeza de su corazón, que está habitando una locura —una cierta soledad, o algo que no sabe bien qué es, aquello es cualquier cosa menos su vida con la negra—. Que tanto alcohol, tanta coca, tanta marihuana, tanta miseria acumulada, lo ha guiado por el lado más salvaje de la vida. Sabe que su alma es una mariposa que ve la muerte venidera en el atardecer del bosque.

El sueño lo atormenta. La distancia de los años lo hace infeliz. El recuerdo de María Luisa le produce esa congoja que los aguaceros incesantes dejan en los ojos de los amantes con el corazón roto. Quiere creer que todo aquello es una mentira y se despierta. Se despierta pensando que nada lo va a salvar de morir solo y triste.

Es de madrugada y en su apartamento hace frío, el viejo se levanta para fumar un cigarro, pero no quedan más en el paquete de royals que olvidó la flaca antes de irse, lo sacude, se vuelve a tirar sobre la cama y duerme de corrido hasta los primeros claros del día siguiente. La ciudad transpira el calor de los días largos de sol sin viento.

—RR, ¿sos vos?

Un hombre grita en medio del salón de exposiciones de la Galería Nacional. El viejo intenta no prestar atención a los gritos del hombre, que inmediatamente fue interceptado por un oficial de la seguridad de la Galería Nacional para decirle que no es permitido gritar, que guarde silencio. El viejo se le queda viendo a un cuadro de Ezequiel Padilla.

—¡RR…! —Repite el hombre como en un susurro, acercándose y tomando del brazo al viejo.

—No soy la persona que usted cree. —Se molesta, y zafándose con violencia del apretón del hombre intenta seguir como si nada.

—RR, no seás pendejo.

—Mi nombre es Moloch, no sé con quién putas me confundió.

—No jodás, ¿es en serio RR?

—¡Moloch —grita histérico— que mi nombre es Moloch le he dicho!

El viejo se ve obligado a volver a las calles. Mendiga. Pide algo de guaro en las cantinas. Lo corren, y regresa como si nada hubiese ocurrido. Toda dignidad la ha perdido desde que lo echaron del apartamento en el edificio San Cayetano de la avenida Miguel de Cervantes. Lo echaron porque una noche casi mata a un travesti. Que fue el alcohol decía el viejo. Que se hiciera hombre dicen que le decía. Y le pegaba en la cara y le restregaba sus gordas manos sobre el rostro y le decía que no se pintara, que qué era esa mierda de vestirse como mujer. Dicen que le agarraba los huevos y le preguntaba que qué era

34

esa mierda, que si sabía lo que tenía entre las piernas, que él le iba a enseñar. Que la víctima lloraba —dirían los vecinos al casero—, que el viejo estaba como enloquecido, como endemoniado. Que tuvo que llegar el casero con todo y la policía. Y que la policía tuvo que golpearlo para que soltara al muchacho que no se veía como muchacho, sino como *ella*, aunque dicen que a esas alturas de la situación ya ni saben qué era, que era una masa de carne molida ensangrentada. Y que al viejo se lo llevaron al Core 7. Que los policías se rieron de él y le decían cosas, que no anduviera peleando con los maricas, que se dejara de mierdas que un día esos mismos lo podían matar por pendejo, por homofóbico, le dijeron homofóbico y siguieron riéndose de él, quizá por aburrimiento, quizá porque los policías son así: otra manada de gorilas. Y al día siguiente nadie presentó cargos pero tampoco tenía dónde vivir y empezó a vivir en la calle.

Algunas noches las hizo al final de la cuesta Lempira, en los bajos del Loco Luis con los niños resistoleros donde alguno de esos niños —en la madrugada fría y oscura— se le acostaba a la par y le agarraba la pija y le decía que era para tomar calor juntos y el viejo se dejaba, y el viejo se venía en la mano del niño sin decir nada y los dos se quedaban dormidos y en silencio. Otras noches dormía debajo del hoyo de Merriam. Dormir en la calle no le disgustaba. Ni siquiera podría decirse que algo le disgustara, ya había perdido todo, incluso las ganas de que algo en la vida le provocara disgusto. Y comenzó a taparse con cartones en la madrugada —entrada la madrugada, porque nunca se quedaba dormido antes de las tres a eme—, cuando no encontraba cartones entonces dormía sin nada, con el frío de la madrugada restregándole su soledad en la piel ceniza de tanto andar en las calles del *downtown*, de tanto beber, de tanto estar tirado entre las personas rotas, que él era una persona rota les decía a los demás borrachos, que ya no se acordaba cómo era ser feliz, que ya no sabía cómo era escribir poesía, y nadie le entendía, nadie sabía qué significaba la palabra *poesía*.

Deteriorado por los excesos de la mala cocaína y el alcohol imbebible que sirven en las cantinas del *downtown*, el viejo pasa las noches temblando, algunas veces por el frío, otras por el delirium tremens que a veces lo acompaña. Habla solo. Algunos lo ignoran —son otros borrachos que como él, nada saben de los días que pasan ni de la ciudad en la que viven, ni siquiera se acuerdan de quiénes son—. El viejo no recuerda mucho la mayor parte del tiempo, solo a veces, pero no está seguro, y toda incertidumbre lo atormenta, como si sus memorias fueran un desierto invencible, como si toda vida pasada en donde la felicidad lo colmara de dicha le fuera ajena, como si ese Roque que apenas sabe existió no hace mucho fuera una persona distinta, nunca él, porque él ahora es Moloch.

—Estos sueños me engañan. —Lo dice en voz alta, casi gritando. Pero nadie le presta atención, y a él eso tampoco le importa, como a la ciudad le importa nada su sola existencia.

No se da cuenta ni siquiera de la soledad tan profunda en la que ha caído. No se da cuenta que ha pasado el tiempo, y que la ciudad ya no es la misma que él a veces dice recordar, y esto es otra cosa de lo que no está completamente seguro, como en todo lo demás. Esa ciudad donde a él le abrían las puertas de las cafeterías y lo invitaban a recitales de poesía. Esa poesía hermosa que el viejo escribió ha quedado en un lugar lejano, ese lugar donde van a parar todas las cosas imperfectas. Imperfectas como él.

—Federico, Federico, soy yo, tu padre. Federico, hijueputas, tu madre te convenció ya de olvidarme, ¿verdad, pendejo de mierda?

Y el joven que pasa a su lado, al que le ve la cara de su hijo, acelera el paso, nada sabe de él, ni de ese tal Federico.

El viejo se hunde en la más profunda de las tristezas. Una tristeza de la que no se puede sino ver hacia dentro y rezar porque nada quede de ella y de quien la padece. En su silencio, en su tristeza, lo atormentan también los recuerdos que dice tener de aquella vida y toda aquella felicidad desbordada que sentía al ver los ojos inquietos de la negra, esos ojos que lentamente se fueron apagando con el paso de los años.

«Este hueso es mi patria», le dijo una vez el viejo, acariciándole el hueso que sobresalía de su cadera huesuda, echados en su cama una tarde de domingo después de hacer el amor, como todos los domingos. Si no le decía eso a María Luisa, el corazón le estallaba entero a Roque de tanta ternura que sentía por ella. Las palabras eran mejor que un corazón estallado de amor, porque qué tiene un poeta sino la palabra.

Luego vino la sensación del desamparo, la certeza del desamparo en todo lo que tocaba, el desamparo posible en quien se sabe apátrida es lo que ha invadido su alma desde que María Luisa lo echó de su casa, de su vida, y de todo lo que ellos habían construido. Lo echó ante la mirada desorientada de Federico que por aquel entonces apenas tenía cinco años, y nada sabía de los males de amor. No volvió a sentir paz en su corazón después de ese día, y el alcohol fue un lugar al que se debió acostumbrar —el alcohol era un lugar que el viejo conocía perfectamente antes de que lo corriera la negra de su vida— para habitarlo sin tanto hastío, aunque en sus espaldas sintiera toda la herrumbre del mundo. Lo insoportable no era estar ebrio todo el tiempo, lo insoportable era pensar en los ojos de la negra, esos ojos que lentamente perdieron vida, y que a él le fascinaban como a los niños les fascina lo desconocido. Esos ojos que luego vería en la flaca cocainómana bajo el rayo de luz amarilla que irradiaba el tímido foco del apartamentucho de la avenida Miguel de Cervantes.

Una noche, poseída por la cocaína, envuelta en su manto de locura, la flaca se lanza al rescate del viejo, como si al hacerlo rescatara un perro callejero hambriento y con frío, tan necesitado de ternura. Se lo encuentra tirado en el piso del baño del Golden Fish, y se da cuenta que el viejo necesita de ella, y ella está allí, aparecida de la nada. Y se lo lleva, lo monta a un taxi, y se lo lleva a su apartamento en el Barrio La Hoya, tuvo que pedirle ayuda al taxista para poder subir a su apartamento a esa res de casi trescientas libras, más que la obesidad, lo que en el viejo pesa es los años de cerveza y agua ardiente. Todos los años de tristeza pesan menos que el alcohol que el viejo ha bebido hasta esta noche bajo el argumento de sentirse solo, bajo el argumento de tener el corazón roto, bajo la necesidad de no tener argumento. Al día siguiente la desorientación es absoluta. Mira al techo de la habitación sin saber bien dónde es que se encuentra, sin poder siquiera reaccionar. A su cuerpo se le hace imposible moverse. Entumecido, se sabe desnudo e indefenso, su corazón se acelera como el de los animalitos asustados. El tibio calor de un cuerpo pequeño y femenino, le advierte que no está solo, siente la presencia de la flaca, pero no sabe que es ella. En silencio, contempla cómo se van las últimas horas de la mañana, y el calor del mediodía entra tan despacio, como el despertar de la flaca, porque ella despierta como si viniera de siglos de sueño.

—Hola mi amor. —Es lo primero que le dice.

Durante un momento el viejo no sabe qué decir, duda, la voz no la reconoce del todo. Hace mucho de aquel encuentro con la flaca. Sus ojos siguen pegados al techo porque no puede siquiera mover el cuello. Rígido, en aquella cama que apenas siente, porque le duele desde la cabeza hasta el alma, lo único que puede hacer es mirar hacia arriba, y hacia arriba no hay nada, solo la inmensa blancura del techo.

—Parece que tengo una especialidad en rescatarte —y le acaricia el miembro desnudo—, sigue siendo bello a pesar de la luz del día. —Le dice, fijando una atención especial en su verga flácida.

—¿Fiona? ¿Sos vos? —Pregunta el viejo a punto de hundirse en un llanto solo posible en los bebés recién nacidos.

39

—¿Vos qué creés, viejo cochino?

—Pendeja de mierda. ¿Dónde me encontraste?

Y suelta una exhalación profunda.

—Donde Mayra. Sos bien maje vos, ya ni allí te quieren y mirá que la mujer tiene paciencia. Te quedaste dormido y nadie te podía sacar del baño, olías a meados, pero el taxista que es mi amigo me ayudó a subirte al taxi y a bañarte, luego te metimos en la cama, pero tranquilo bebé, seguís siendo virgen, no soy de las que se aprovecha de los borrachos.

—Te creo, cariño, te creo —responde, envuelto en una risa incómoda, y la flaca ríe con él, coqueta y cómplice.

Es por la tarde de ese mismo día —casi entrando en la noche— cuando la ciudad comienza a ponerse de un humor extraño, que le parece que ya puede moverse de la cama. Decidido intenta tomar un baño, sale de la habitación, va desnudo y aunque esto no es un problema, solo al salir de la habitación se entera de que la flaca tiene una pequeña fiestecita con un par de chicas, están todas cruzadas.

Las tres van desnudas por todo el apartamento, aquello, para cualquier mortal, es lo más cercano al paraíso. El viejo siente un sobresalto, como si el corazón se le bajara de pronto a la boca del estómago y por un instante no sabe si podrá seguir respirando después de ese pequeño pinchazo, casi siente que puede llorar. La flaca lo toma del brazo y lo une a la fiesta, le indica que le jale, primero como que no quiere pero son tres chicas desnudas y eso parece que lo anima.

La coca entra en su cuerpo de un solo y el alma se le estabiliza, todo su cuerpo deja de temblar, hasta le parece que es como si todo el alcohol de antes comenzara a destilarse lentamente en su sudor. Sonríe ingenuamente, aunque esta no es la primera vez que se mete coca. La resaca desaparece por completo, siente como que vuela. El viejo comienza a entender lo liviano que puede llegar a ser su cuerpo a pesar de su enorme panza. Y de repente la voz le cambia —siente que le cambia— como Jeffrey Dean Morgan en *Watchmen*.

—Ya se me había olvidado a qué sabe esto. —Baila y canta: *I'm your boogie man that's what I am*. Con sus manos hace ademanes de golpear cosas con un bate de beisbol.

—Metele la verga a esa. —Le dice la flaca sin mediar más.

—¿Qué? ¡Te podés calmar! —Responde asustado, y sobre el sofá de la sala, una de las chicas se masturba con la paciencia de un monje.

—Vos creíste que esto era una casa de retiro, pero no es así, aquí se coge todos los días. Se coge bien o no se coge. Así que jalátela para que se te ponga dura, y metésela, toda, que la disfrute. Es mi regalo por haber vuelto a la vida, te la ganaste viejo cochino.

—Pero la cosa no funciona así, Fiona, estás loca.

—Si no te la cogés vos, lo hago yo, vos decidís viejo. —Y el viejo parece que lo intenta. Intenta jalársela pero no tiene éxito, los efectos de la coca en su cuerpo alcoholizado no le ayudan.

El viejo lo intenta, se la jala, y cuando la siente más o menos dura se acerca a la chica que tiene las piernas abiertas y gime, pero un zumbido fuerte lo ensordece, se lleva las manos a la cabeza, hace que tapa sus oídos, pero aún así lo sigue escuchando, se tira al suelo, y solo ve a las tres chicas riéndose de él, riéndose de su verga flácida, ríen a carcajadas y el viejo las llama putas, les grita, las maldice en todas las leguas que imagina.

Un golpe en el pecho lo hace sufrir, siente de nuevo el pinchazo, esta vez es dolor. Un segundo golpe lo hace llorar. Un tercer golpe, respira de nuevo. Se calma y el zumbido se ha ido, tiene los ojos cerrados como un niño asustado, no los quiere abrir, pero finalmente oye la voz de la flaca, que lo mima, que lo cuida con instinto maternal, se siente arrullado, y entonces decide que sí, que va a abrir los ojos.

—¿Qué pasó?

—Estabas teniendo una pesadilla, balbuceabas, nada, pero era raro.

—¿Y las otras dos putitas?

—Estabas dormido, viejo, ¿me estás oyendo? —Comienza a desesperarse la flaca. Se levanta de la cama y va por agua a la cocina para que se calme.

—Era un sueño... uno muy malo.

—Es lo que te he dicho todo este rato, pero sos medio pendejo vos, ¿verdad? —Y lo ayuda a sentarse para que se beba toda el agua.

—Sí, lo soy.

Se queda en silencio de nuevo, viendo el techo blanco. Pensando en el sueño. Pensando en que siempre tiene sueños que luego lo atormentan cuando está despierto. Nunca descansa. Jamás su alma ha vuelto a sentir algo de paz.

—¿Qué hora es?

—Las dos, o las tres... yo qué sé.

—Y vos, ¿comés algo en algún momento?

Pero ella ya está dormida de nuevo para cuando el viejo ha terminado de preguntar, así que no se anima a levantarse, le duele todo el cuerpo, no sabe en realidad si se puede mover, así que decide esperar un poco más, quizá la flaca se despierte de una vez y decide que es hora de comer. Solo siente hambre porque no ha seguido bebiendo, pero el cuerpo no le responde más que para sentir hambre, y los ojos para ver el techo.

«Estoy solo, tan solo que una tristeza profunda me invade, una tristeza que jamás en mi vida había sentido. Estoy consciente de ella, de su brazo monstruoso haciendo un hoyo enorme en mi corazón para luego llenarlo de angustia, para hacerlo que rebose de ansiedad. Estoy solo, claro que lo estoy, y esto no es más que una leve desviación en mi soledad, es solo para tomar aire y no morir de golpe. Que no digan que nunca lo intenté, porque claro que lo hice, pero es que estoy solo y triste, estoy como los niños en su primer día de clases, ellos no saben qué hacer cuando los adultos los lanzan a la selva que en realidad es la escuela pero ellos la ven como la selva, y entonces se enteran de que hay bestias a las que jamás se les debe invocar. Yo las invoco, sí que las invoco, me bebo mi trago de agua ardiente en ayunas, y las llamo con los ojos cerrados, y les digo que estoy solo, y les cuento de mi tristeza, y les pido que quiebren mi esqueleto para que mi alma ya no tenga una razón para volver, que si nada de eso pueden hacer, entonces que me quiten los sueños, que soñar es una pena que no puedo purgar, que me quiten la memoria, que todo recuerdo de María Luisa se vaya con el viento, lejano, fugaz como los ojos de las niñas de secundaria. Yo las invoco, y les llamo por sus nombres, sus nombres no los puedo pronunciar si no estoy en trance, entonces me bebo mi trago de agua ardiente en ayunas, y me pongo en trance, y las llamo por su nombre, y les digo que me lleven, les pido que hagan de mí otro ser, que este que soy ya no me sirve, que hagan de mí otro ser o lo que les venga en gana. Y ellas me ven con la ternura en sus ojos, me ven como queriendo decirme que no hay nada que ellas puedan hacer por mí, que ya deje de invocarles, que no vuelva jamás a pronunciar sus nombres. Porque sus nombres son dulces como las uvas que se deshacían en la boca de María Luisa la primera navidad que pasamos juntos, y entonces yo le dije que la amaba como se ama el mar, no, no, le dije que ella era el mar y yo una mantarraya, y en su hondo azul salado me ahogué, y ella solo me echó como se tiran las cosas que ya nadie quiere. Es por eso que las invoco, que les pido quiten de mí todo recuerdo, que quiten de mí toda memoria de un pasado feliz, porque nada de eso me pertenece, nada de eso me hace bien».

A la negra lo que le gustaba era quedarse durante horas escuchando a Roger Waters. Escuchando las distintas versiones de una canción que Pink Floyd había grabado pero con la voz de Gilmour. A la negra lo que le gustaba era también quedarse perdida fumando marihuana. Y fumaba para irse lejos. Fumaba para no estar allí. Fumaba para dejarse caer en un lugar donde estaba sola, porque sola, ella se sentía mejor. Por aquellos años las cosas se habían complicado. María Luisa lo había dejado de amar pero no se lo decía. No sabía cómo no romperle el corazón a Roque, y entonces fumaba y escuchaba a Waters cantar una canción que una vez también cantó Gilmour.

Roque lo recuerda todo. Se la pasa horas en solo recordar. Se acuerda entonces cuando la veía con los ojos en la nada, y se daba cuenta que algo se había comenzado a quebrar dentro de ella. Pero la amaba. Por eso se había quedado callado hasta que ya no se aguantaron más. Ella le dijo que había dejado de amarlo, se disculpó, intentó explicarle que algunas veces la vida es así y la gente deja de amar. Roque sintió que el mundo se le vino encima. Se aferró entonces a lo que se aferran quienes se saben perdidos, a la esperanza de algo aunque no sepan qué es ese algo. Le dijo que pensara bien las cosas. Que, qué era lo que iban a hacer si él se iba. «Y si me voy me llevo al niño». Pero la negra fue rotunda. Le dejó claro que a quien no amaba era a él, y no al niño. «Si alguien se va y se va solo, sos vos», le dijo, y se sintió más quebrado, se sintió huérfano.

Discutieron por horas, discutieron por días. Pero la decisión estaba tomada. Ya no soportaba más verle la cara. Ya no quería seguir sintiendo su cuerpo a su lado al irse a dormir. Por eso, y porque le gustaba también, pero por eso sobre todas las cosas, fumaba más. Porque no aguantaba que llegara borracho de a saber dónde y llegara pidiéndole sexo. Que muchas veces aceptó pero que le daba asco seguirse desnudando para él, cuando se tomaba el costo de desnudarla y no solo correrle a un lado el calzón y metérsela así, nada más, a secas. Y entonces el viejo se fue. Pero no se llevó nada porque aquello lo había tomado como una rabieta de esposa celosa. «¿Celosa de qué?», se preguntaba Roque. Y Se fue por unos días a andar las cantinas del *downtown* y en las cantinas bebía, y leía poesía cuando ya estaba demasiado borracho, se subía a la barra y leía siempre poemas de Neruda. Aquellos poemas comprometidos con una militancia que el viejo no conoció ni supo nunca. Como no supo nunca de ese Chile de Pablo y de aquellas dictaduras militares. «Soy un poeta del desasosiego, ¡soy un poeta de la nada!», gritaba cuando leía con bravura la poesía de Neruda. Y entonces una de las chicas se le acercaba y le daba un beso, y el viejo sentía una virilidad insondable, sentía que el mundo era eso, pasarla bien y seguir pasándola bien. La negra sabía de estas cosas de ante mano, alguien le había contado ya de las hazañas de Roque. La negra escuchó bien a quien se lo contó, y fingió saberlo, y fingió entonces, ser la esposa comprometida con la obra de su marido aunque se le quebrara el corazón. Pero un día ya no pudo más. Un día solo tomó el toro por los cuernos y le dijo que buscara otro establo.

—¡Dejé mi carrera por vos, por nuestro hijo, por tu poesía, por cuidar de ustedes! —Le gritaba la negra.

—Nadie te pidió hacer semejante sacrificio, señora artista. —Se burlaba él, borracho y tomándose el bulto entre las piernas.

—Sos un imbécil, no entiendo cómo toda esa gente no se da cuenta.

—¿Qué gente? No seás pendeja, aquí nadie nos conoce, los artistas no existimos en este país de mierda.

—Entonces andá a no existir a otro lado, poeta.

—Me voy, y un día lo lamentarás.

Y el viejo se fue y esa noche en el Golden Fish sonaba una canción de José José que Roque cantaba con odio, cantaba para decirle a la negra que la amaba, que la odiaba, que la amaba y que la odiaba por echarle de su vida. El viejo fue entonces cuando se dio cuenta que todo se había ido a la mierda por su culpa y no la de ella. Pensaba y cantaba como piensan y cantan los poetas: siempre para dentro. Cantaba como si no era él sino la negra que se lo cantaba a él. Los borrachos, y un par de mujeres pintarrajeadas, gordas —grandes como son las gordas alcohólicas— y algunos hombres con cara de obreros —rostros duros con los ojos profundos, o la mirada profunda, Roque no sabía la diferencia— le aplaudían al poeta, que todos en la cantina sabían que era poeta. Y Mayra, la dueña con apariencia de matrona o de *madame* le hacía una foto con su teléfono celular. Roque le hacía caras, con la cerveza en una mano y el micrófono en la otra, con la letra de la canción saliendo en la pantalla con un video donde se miraba el desierto de alguna parte de México o de quién sabe dónde. Roque cantaba con odio y con amor. Se preguntaba que cómo era posible que ella no lo amara y entonces odiaba el mundo. Y a la negra no sabía si odiarla o seguirla amando. Entonces bebía, y bebía más queriendo olvidarse esa noche de todas las noches en las que le escuchó decirle que era el amor de su vida, que aquello le daba miedo pero que lo amaba. Y entonces él se odiaba por ser tan imbécil.

Esa noche se fue a la cama con una de las gordas que lo aplaudían. Y mientras cogía con aquella mujer que no conocía, que no sabía quién era, y que le decía que se la metiera toda, que se venía y gemía y gritaba, Roque estaba en trance. En trance como invocando la muerte. Ese día murió. O ya había muerto antes, cuando no supo qué hacer con la noticia que lo asustó y comenzó a beber más, a escaparse del trabajo para irse a beber, cuando comenzó a huir de la negra para ir a beber. Cuando dejó de decirle que la amaba y entonces llegaba borracho a la casa en la madrugada y se le metía en la cama a la negra y le decía que le tenía ganas, que quería estar dentro de ella y ella se despertaba como asustada, como preguntándose dónde había quedado su marido y quién era ese hombre que decía serlo. Entonces a Roque le entraba como un fuego entre las piernas y le hacía a un lado el calzón a la negra y se la metía por el culo y le decía cosas sucias a María Luisa y ella se quedaba callada, asustada, como si no supiera qué hacer con eso que llegaba a mitad de la oscuridad y la tomaba y la dejaba cada vez más vacía, más sucia, menos ella. Y con el tiempo fue siendo menos ella, menos María Luisa, menos la negra y no sabría tampoco quién era.

—Estoy embarazada. —Le dijo una noche mientras cenaban después de haber ido al cine.

—¿Estás segura?

—Sí. Lo estoy… una no se equivoca con esas cosas.

Roque no supo qué hacer. No supo qué más decirle. Y María Luisa no supo qué más decir. Se quedaron callados terminando la pizza. Luego se fueron a su casa, a eso que llamaban casa pero que en realidad era un pequeño apartamento en barrio El Bosque, en el que apenas cabían ellos y su gato negro que a María Luisa la había enamorado desde la primera vez que lo vio, y entonces no tuvo más remedio que aceptar ese amor entre ella y el gato. No dijo nada porque no sabía qué decir. Porque su cabeza estaba volando. Porque así era él: medio autista, medio idiota cuando se lo proponía.

Roque se quería ir. Salir huyendo de ese cuerpo que lo confinaba. Quería beberse el mundo y caer anestesiado hasta el día del juicio final, y que San Pedro le haga de abogado, que interceda él porque ni dios sabría qué hacer con tal despojo. No supo qué decirle a la negra y la negra solo quería que le dijera que todo iba a estar bien, que nada tenía que preocuparla, que su maridito poeta estaba allí. Roque pensó entonces en pedir un aumento en el periódico. «Voy a ser papá» —pensó. Y creyó que le diría a su jefe: «necesito un aumento». Tampoco dijo eso, ni siquiera pidió el aumento. Las semanas se acumularon y las nuevas necesidades tenían que ser resueltas. Entonces sí lo dijo, habló con su jefe. Le dijo que iba a ser padre, que necesitaba un aumento. Y para tomar valor pensó en su padre zapatero pidiendo un aumento en el taller de zapatería donde trabajaba cuando Judith —la hija mayor de un matrimonio campeño— le dijo que estaba embarazada.

Y pensó en su padre, asumiendo como macho, con apenas unas horas de empezar a ser padre. Más hombre que él en toda su vida. Y a Roque se le aceleró el corazón, sintió en ese momento que iba a morir pero no era así, solo estaba hiperventilado porque durante semanas había estado asimilando las palabras de la negra. «Estoy embarazada» le dijo, y su rostro estaba iluminado. Roque sintió un mareo, pensó que era momento de pedir un aumento.

—Voy a ser papá —le dijo al jefe—, necesito un aumento.

—Voy a pensarlo, Rodríguez.

Y el viejo regordete de su jefe se lo pensó bien, de pensarlo lo tuvo esperando la respuesta dos meses hasta que finalmente le dijo que no encontraba razones suficientes para aumentarle el salario. Roque sentía algo muy parecido al odio, pero no era odio sino rencor, por hijo de puta que era su jefe. Que no encontraba razones suficientes para darle el aumento, y le dijo que se sentara, que él no tenía la culpa de que su mujer estuviera embarazada, que no había sido él quien se la había metido a «como sea que se llame» le dijo, y se llamaba María Luisa, pero al jefe de Roque eso no le importaba ni un poco. Entonces Roque le dijo que renunciaba, como medida de presión, como forma de forzar lo que no se puede forzar. Don Ricardo le dijo que ya estaba bien, que por la tarde tenía sus prestaciones y que se fuera a la mierda de su oficina.

Roque se fue a beber porque irse a la mierda en esas circunstancias era irse a beber y se fue a Pío Rico, que para las tres de la tarde ya estaba bastante abierta la pollera que todo el mundo sabía que no vendía solo pollos. Lo del pollo frito era solo la pantalla de la cantina de mala muerte que en realidad era. Y entonces Roque se fue a Pío Rico, porque era lo mismo que irse a la mierda: irse a beber.

—Pienso que la poesía debe hablar de las cosas hermosas de la vida.

—La vida no tiene cosas hermosas. Sos una pendeja.

El viejo se queda viendo al fondo de la sopa instantánea que la flaca le ha preparado. Porque la flaca es todo lo que tiene: sopitas instantáneas. Entonces ella se le sienta enfrente del otro lado del colchón de la cama sin patas —se las ha desatornillado para poder coger sin ruido, le dijo la flaca— y dice que la poesía es redentora, que la poesía debe hablar de las cosas hermosas de la vida. De las hermosas, le repite. El viejo en lo único en lo que piensa es que esa mierda que le ha servido es como un ansiolítico, no le quita el hambre y tampoco le quita la resaca. Lo mantiene en esa línea gris entre la muerte por intoxicación y la supervivencia. «Un día a la vez», se dice, se dice tantas cosas, ensimismado. Viendo el fondo del vaso vacío, porque ahora ya está vacío. Porque lo de la sopa era una idea, una hipérbole de una sopa. Una sopa más bien idealizada por el oficio del sobreviviente. Una sopa que deja hambriento pero que permite seguir respirando. Pensando que la próxima vez que te metás algo a la boca no será de mentira, no será solo la idea de algo, sino una comida que verdaderamente te haga feliz un poco, piensa el viejo, y piensa en todas las veces que fue feliz con un plato de sopa. Una sopa de frijoles con quesillo, aguacate y chicharrón. Esa sopa de frijoles, no otra. Preparada por la negra los domingos, porque decía que los domingos eran los días perfectos para tomar sopa de frijoles. Y entonces se la llevaba toda la mañana preparando las condiciones físicas y espirituales para la sopa. Era el plato que hacían juntos. Picar las verduras. Limpiar los frijoles. Comprar los chicharrones y el quesillo. Jamás olvidar el aguacate. Esa sopa, no otra. Esa sopa que les redimía el alma. «Eso era poesía» se dice, callado, ensimismado. Eso, cualquier otra cosa es nada. Hablar sobre la nada.

—Te han engañado. La poesía no debe —y hace un gesto con las manos en el aire que entrecomilla la palabra «debe»— hablar de las cosas hermosas de la vida, porque la vida es una mierda. No tiene cosas hermosas. Pero vos qué vas a saber si solo estás allí con ese pañuelo ridículo en la cabeza y que seguro creés que porque lo tejieron mujeres indígenas entonces algún poder ancestral se te transfiere a la cabecita. Pero no chiquita. Nada de eso es cierto. La poesía no tiene nada de redentora, no salvará a nadie, te han engañado con eso para poder cogerte.

—¿Querés que te lea un poema mío? —Le dice la flaca, fingiendo no haber prestado atención.

—No. Sabés, poeta era Pizarnik.

Entonces la flaca no le dice nada. Se quedan callados. Se levanta y se quita el pañuelo lenca de la cabeza y se lo tira en el pecho y entonces sí le dice que ya no lo quiere ver más, que se vaya de su casa, que es un idiota, que para qué se esfuerza si él ni se entera de que ella es lo que es por él. El viejo no sabe nada. Nunca sabe nada, es lo que mejor le sale siempre, hacerse el que nunca sabe nada. Porque no saber nada es un oficio que se perfecciona con el tiempo, con delicado cinismo.

La flaca se guardó el cuadernito donde escribía sus poemas.

—Vas a ver —le dijo—, para que quités esa cara de pendejo que siempre ponés cuando sabés que la cagaste. Verdad que siempre la ponés, —le dijo.

Y de una caja de zapatos sacó un libro gastado, pequeñito, que la flaca venía guardando durante años. Y se lo dio para que lo viera, para que se enterara. El viejo lo abrió y leyó la dedicatoria que decía «para Raquel, la niña de los ojos claros». ¿Qué era eso de los ojos claros? le quiso preguntar ella. Pero nada, no dijo nada y salió de la habitación. Y el viejo se quedó allí, viendo la ciudad, viendo el resplandor de la ciudad desde la ventana del apartamento y viendo la portada de ese libro y leyendo una o diez, o quién sabe cuántas veces, aquella dedicatoria aparentemente tierna, aparentemente inocente, aparentemente vaga. Pero su memoria jamás dio con el recuerdo. Estaba claro que era su letra y estaba claro que el libro lo había escrito él. Que de eso no tenía duda, dudaba de haber vivido alguna vez con tanta ternura como para escribir un simple «para Raquel, la niña de los ojos claros», y se lo repetía en voz alta. Y volvía a la portada y no podía recordar nada.

La tarde se fue tan rápido —porque a veces las tardes, dice la gente, se van rápido— como si algo las precipitara y entonces se convierten en oscuridad, solo oscuridad, la oscuridad de la noche.

Esa tarde se precipitó rápido y se hizo de noche, y el viejo sintió sueño y se quedó dormido, se durmió allí en esa cama sin patas de la flaca; pero la flaca nunca llegó a dormir a la cama, se quedó dormida en un sofá grande que tenía en su salita y a la mañana siguiente la flaca se despertó temprano y se metió a la cocina, hizo desayuno para que viera —se decía mientras cocinaba— «que no solo sopas instantáneas se come en mi casa» y se puso a hacer unos huevos fritos y también café, la flaca cocinó un desayuno casi completo con pan integral, que había comprado en la pulpería de abajo en la esquina que da al edificio donde vive en Barrio La Hoya, ahí donde siempre compra pan y cigarros, en la pulpería de doña Clara que es una señora de la que la flaca se hace mil historias bonitas de cuando ella era joven, porque doña Clara alguna vez fue joven, se decía la flaca, «debió haber sido un culazo que enamoraba muchos hombres, se le nota, en esos ojos grandes y negros se debe esconder el secreto», debió haber sido una cosita rica cuando doña Clara no era doña Clara sino una jovencita como ella, cuando doña Clara no era doña Clara y estaba en sus veintes y entonces tenía el cuerpo torneado y el culo duro, pero ahora estaba fofo, era un culo fofo como los culos de las señoras de su edad, una edad en la que ya no vale la pena preguntar la edad a la gente. Y entonces le sirvió café, y sirvió huevos fritos con pan tostado y algo de jamón que tenía en el refri. Le dijo que se levantara que el desayuno estaba servido. Se sentaron a desayunar casi en silencio, el viejo no se había vestido, iba desnudo todavía y la flaca andaba en calzón y una camiseta blanca con el rostro de Lennon estampado en el pecho, por debajo nada, porque le gustaba que sus tetas pequeñas estuvieran siempre así, sin nada que las aplane más y le haga parecer un varoncito que ella era ya una mujer, no muy grande, pero una mujer que le gustaba andar las tetas desnudas.

He sido tantas cosas

tantas que nada me pertenece

he sido por ejemplo

un caballo que vacila viendo en la noche

     /la angustia de su muerte

un árbol que siendo madera para un fuego

     /se encontró feliz

he sido el pozo de los enamorados

he sido aquello que la gente no quiere nombrar

porque nombrarlo es una pesada carga en el corazón

he sido tantas cosas

tantas que nada me pertenece

he sido por ejemplo

el latido de una bala enterrada en el concreto

y también aquella cosa que nadie quiere nombrar

porque nombrarla le da el derecho de existir

tantas cosas que nada me pertenece.

Se lo dice de memoria y toma un trago de café. No había recitado un poema en años, que incluso a él mismo lo toma por sorpresa, siente que algo se le va a salir del pecho, pero solo es su corazón que ha acelerado su ritmo de tanta emoción. Y piensa en la poesía, como se piensan las cosas inservibles que alguna vez fueron amadas, y se sabe huérfano de nuevo, y se sabe solo, porque las palabras nunca volvieron desde el día en que el alcohol comenzó a embotar su cabeza, a crear laberintos en su memoria de los que ese alfabeto que ahora sabe extraviado nunca salió. Por eso las palabras nunca volvieron y ahora solo es un escritor acabado que nunca más volvió a escribir para redimirse consigo mismo, porque qué otra cosa puede hacer un poeta con la palabra sino es redimirse, pero las palabras no volvieron ni siquiera para escribir su nombre, porque a veces su propio nombre le daba vergüenza, le daba miedo. Y entonces decidió olvidar, y se olvidó a sí mismo.

«Lo siento», quisiera decirle, pero solo le dice que tenía razón. Que quizá tenía razón. Que quizá y pueda que la poesía sí fuera redentora, de alguna manera, alguien siempre se redime. El lector, jamás el escritor. «El lector siempre se redime», le dice y se queda callado y la flaca tampoco dice nada. Y quisiera decirle que entonces sí se había enterado, pero no se atreve y solo hace un movimiento con la cabeza y bebe café y dice con la cabeza que está bien, pero no dice nada, solo mueve la cabeza como diciendo «está bien», pero nada está bien. La flaca suelta a llorar un rato, primero es un sollozo, uno suave, casi imperceptible, pero de repente no puede contenerlo más, adentro lo tiene atorado y lo suelta, se deja caer en ese río de lágrimas. El viejo no dice nada, solo se le queda viendo y no sabe qué hacer con el llanto de la flaca y la flaca no sabe qué hacer con su llanto. Se quedan callados. Se dan cuenta entonces que todo lo que tienen, todo lo que de alguna manera les une, todo lo que les separa también, todo en ellos es silencio. Quedarse callados, contemplándose desde sus miserias personales, las calamidades y miserias del otro, sin hacer otra cosa que guardar silencio.

ANA

NADIE LO SABÍA, nadie podía saberlo, ni siquiera él sabía algo al respecto. Nadie quería saberlo, realmente a nadie le interesaba saber qué día era el día de su muerte. Solo lo miraban, algunas veces también sentían lástima o asco, que es lo mismo que sentir lástima. Sentían lástima cuando lo miraban ahí retorciéndose, porque el pobre se retorcía de dolor, de angustia, de soledad y de tanto vomitar, las enfermeras lo miraban con asco, con algo de lástima y decían «pobre», y claro que era un pobre, un pobre diablo que se estaba muriendo aunque nadie tuviera certeza de cuándo iba a terminar su agonía, de cuándo iba por fin a *estirar las patas* —la gente dice estirar las patas—, «¿cuándo va a estirar las patas de una vez por todas?», se preguntaban, «y entonces que se muera», pensaban luego de decirlo, «porque si se muere ahora morirá con algo de humanidad, con algo de decencia», insistían. Y el viejo vomitaba nada porque nada tenía en el estómago, puro aire, purito aire era lo que vomitaba el pobre diablo, pero se arqueaba con fuerza cada que necesitaba expulsar y expulsaba aire y cada que vomitaba, que sentía que algo se le venía pero no se le venía nada, tenía la certeza que realmente lo que vomitaba era su alma, y el alma no se ve solo se siente. Pastor Morales se lo había dicho, tantas veces se lo escuchó decir, «el alma, hijo, no se puede ver pero se siente», le dijo, y entonces cada que vomitaba y no vomitaba nada solo aire sentía que lo que expulsaba eran pedazos, trozos enormes de su alma y que en cada arcada, en cada intento lo que vomitaba era su alma. Algunas veces, las más dolorosas, claro, no era solo su alma también era sangre y cuando vomitaba sangre sentía que se moría, y claro que se estaba muriendo, que si de algo estaba seguro aunque no estuviera seguro de todo lo demás, era que estaba muriendo. Y cuando sentía que moría quería morirse, porque al menos si se moría podía dejar de sentir ese dolor, porque cada que vomitaba vomitaba nada, solo aire, solo nada, sentía unos punzones en el estómago y entonces se encogía como un bulto y ni siquiera podía gritar porque no tenía energía para vomitar y gritar, o solo para gritar, y a veces se desmayaba un rato o se le nublaba la visión y sabía que la muerte estaba cerca, y entonces sentía unas enormes ganas de estar muerto, pero no se moría, solo estaba ahí hecho una mierda, hecho un bulto de carne flácida que vomitaba nada, que vomitaba aire. La cirrosis lo estaba matando y a veces ni siquiera recordaba que tenía cirrosis, porque todo era un laberinto, un camino difuso que no sabía a dónde lo llevaba ni de dónde lo traía. Pero entendía que estaba muriendo y quería morirse, y aunque a veces no lo sabía, lo que realmente sentía era la certeza de la muerte. Se lo decía, calladito, para sí, decía «ojalá te murieras y dejaras de hacer el ridículo intentando seguir vivo. ¡Morite ya de una vez, pedazo de mierda!» se decía, porque en realidad sentía que moría cada que vomitaba y a veces no solo vomitaba aire también expulsaba sangre, y cuando vomitaba sangre la panza le dolía más, los punzones eran más profundos, estacas invisibles que se le hundían en el estómago y sabía que por dentro estaba todo mal, todo podrido, nada era más importante entonces que encontrar la forma de morirse, pero no se moría. Intentó dejar de comer y el médico y las enfermeras entonces le metían la comida a la fuerza, lo amarraron a la camilla del hospital —pero ese lugar no era un hospital, el viejo quería creer que sí, que sí era un hospital— y le metían las cucharadas de comida a la fuerza, le abrían y le cerraban la boca y empujaban con los dedos la comida y se arqueaba para vomitar lo que no había terminado de tragarse y entonces las enfermeras se enojaban y le pegaban, cansadas de eso y de verlo vomitar nada, cansadas de intentar salvar a alguien que se quiere morir, le pegaban en la cabeza y le decían «viejo tonto» y era un viejo tonto que ni siquiera hablaba, solo balbuceaba balbuceaba balbuceaba y balbuceaba.

Cuando llegaban los cristianos —que llegaban una vez por semana para orar por los enfermos— el viejo se escondía: a veces en el baño a veces en el jardín. Pero siempre lo encontraban y entonces oraban por él y le decían que aceptara a Cristo en su corazón, que pidiera perdón por sus pecados y él ni siquiera recordaba qué era lo que significaba la palabra pecado. «Es lo que alguna vez hicimos y estaba mal que lo hiciéramos» le dijo en una ocasión el Pastor Morales y Morales oraba por los enfermos, decía que era un profeta. «¿Y si es un profeta, entonces habla usted con dios?», le preguntó el viejo, «todos los días, hijo mío», le contestó el Pastor Morales, «entonces dígale que se vaya a la mierda y que me deje morir en paz», le dijo el viejo, y Pastor Morales esa vez se enojó mucho con el viejo y no oró por él en dos meses, y el viejo creía que ya no iba a volver a decirle que aceptara a Cristo en su corazón y que se arrepintiera de sus pecados. Eso lo hacía feliz, pero Morales un día se arrepintió de haber sido tan duro con un moribundo y se le acercó una tarde que llovía —porque la gente cuando llueve se pone melancólica o tonta— y le dijo que lo perdonara, que había sido un arranque, un impulso, que el diablo lo había tentado a dejarlo morir pero que era más importante la voluntad de dios que su enojo, que juntos iban a superar la prueba, que era una prueba divina y comenzó a orar y el viejo hizo que vomitaba cuando Pastor Morales empezó a orar, pero no vomitaba nada, solo aire y le dijo, «imagine hermano que de verdad he vomitado y le he llenado su biblia de todo mi vómito y váyase a la mierda, y llévese a su dios y muéranse lejos de mí, y déjenme morir», pero el Pastor seguía orando y diciéndole al diablo que saliera de ese cuerpo moribundo para que dios hiciera su voluntad en la vida de su hijo. Fue entonces que el viejo se levantó y como pudo agarró un aire, una fuerza que no sabía que tenía, una rabia que no entendía, y le pegó un puñetazo al Pastor y le quebró la nariz y el Pastor Morales comenzó a sangrar, sangraba mucho, sangraba que era un río rojo, y el viejo se reía y vinieron de nuevo las enfermeras antes que Pastor Morales comenzara a llorar y lo atendieron, y amenazaron al viejo y el viejo que se reía fuerte, a carcajadas y le enseñaba las encías vacías sin dientes al Pastor, decía que era un demonio, un demonio chimuelo que quería morirse para abandonar ese cuerpo mortal. «¡Este cuerpo, esta carne arrugada y estos huesos cansados son una prisión, son mi prisión!» decía el viejo en medio de aquella risa infernal. Las enfermeras se llevaron al Pastor Morales para atenderlo, para enderezarle la nariz, para controlar la sangre que no dejaba de salir disparada como si fuera una tubería rota.

Los meses pasaron y no se murió. Se mantenía en una zona gris, donde ni estaba vivo ni estaba muerto. Con los medicamentos y una alimentación sana, que las enfermeras se encargaban de que fuera todo a sus horas, el cuerpo le comenzó a responder poco a poco, a dar señales de recuperación. Un tratamiento de este tipo era caro, seguro en una clínica privada le sacarían un ojo de la cara, pero esto era el Estado, medianamente funcional, medianamente ausente, medianamente torpe. Había sido su hijo, su único hijo, Federico, su primer amor —«eso es lo que sos» le dijo una vez, borracho, con sus gordas, con sus toscas, con sus cada vez más viejas manos de padre tocándole el rostro al pobre muchacho—. Su único hijo, el gran amor de su vida aunque su vida fuera un remedo de vida. Había sido él, que sin escuchar a su madre, se había hecho cargo del viejo por enésima vez, aunque hacerse cargo sea llevárselo, sacarlo de la calle, y dejarlo ahí, solo, muriéndose con otros viejecitos en el asilo San Felipe, aunque al viejo le dijera otra cosa con tal que se quedara tranquilo, con tal que se portara bien, le decía «portate bien, hacele caso a las enfermeras, comete todo lo que te traigan, no te hagas el pendejo con ellas», le explicaba. Federico hablaba al oído de su padre como se le habla a un niño cuando va por primera vez a la escuela para recibir clases: «Esto no es el Seguro, allá te hubieses muerto hacía mucho» le explicaba. «De eso no queda duda», le dijo el viejo sin mirarlo, porque si lo miraba se ponía a llorar, entonces no lo miraba, solo le contestaba, a veces, porque en realidad estaba como callado, adormecido por los medicamentos, sentía un calambre en la lengua. «Siento un calambre en la lengua», le dijo, por eso no habló mucho, y sin mirarlo para no llorar porque los hombres —le enseñaron de niño— no lloran, que eso es de mujercitas. «En el Seguro me hubiese muerto y tu amiga Lena, la que tanto defendés, te habría mandado un bello ramo de flores, una corona de espinas para la frente de tu padre», y seguía viendo a la nada. Ahí se permitía hacer rabieta, insultar y tirar las comidas cuando las enfermeras se las traían, solo se portaba bien cuando Federico aparecía a visitarlo, y cada vez sus visitas eran menos. Y entonces cambiaba y se ponía en actitud de ser un buen enfermo, uno que se porta bien, parecía más un niño dócil y juguetón que un hombre adulto enfermo. Se comportaba como un niño, le tomaba el rostro a su hijo —como siempre lo hizo— y le decía que era hermoso, «lo más hermoso que he visto en mi vida, siempre has sido mi primer amor» le decía, que no creciera más le pedía, pero Federico ya era un hombre. Y el viejo lo miraba y le decía *mi niño*, y quería salir a pasearlo al jardín y mostrarle las flores y lo tomaba de la mano, que eso le gustaba, tomarlo de la mano y Federico lo complacía, se dejaba tomar la mano y se dejaba decir *mi niño*, y se dejaba para que él tuviera algo de paz, algo de felicidad.

—Ella quería ser un carrusel.

Es temprano por la mañana y todo parece ir bien, no se le nota alterado como suele estar durante las revisiones médicas.

—¿Quién es ella? Creo que necesitaremos hacerle otro ultrasonido.

—Ella, la flaca. Madeleine... no, Raquel, sí, Raquel ese era su nombre.

—No tengo idea. —Le dice sin verlo, el médico.

—Usted no, doctor, pero yo sí, yo sí tengo idea.

—Sí, pero en una semana, vamos a ver cómo está y de seguir igual le vamos a hacer un ultrasonido. ¿Ha comido algo hoy?

—Sus ojos eran claros, como cuando se amanece delante del mar...

—Sí, un poco. —Contesta la enfermera.

—Que coma más, y si no vomita entonces que vaya comiendo cada vez más sólido.

—Y sus manos, doctor, sus manos delgadas y su nariz, su naricita pequeña, así, bien bonita.

—Está bien Roque, ya se puede ir —se despide, le da una palmadita—, todo va a estar bien.

La enfermera lo toma de la mano y se lo lleva. Ese día es un día en el que está más tranquilo, vino su hijo a verlo y eso siempre le deja el alma en paz, se le ve más tranquilo cuando Federico aparece de visita, hasta bromea con la enfermera, le dice cosas bonitas, un poema, le recita un poema de Neruda, le dice «Neruda era mi favorito, así todo gordo como yo», le dice, «así todo guapo como yo», le explica, «tanto así que podría ser yo» y se ríe, «yo podría ser Neruda». Y la enfermera le dice que sí, la enfermera le sigue el juego y lo llama poeta, «sí poeta», le dice la enfermera. Pero todo lo que en realidad quiere es dejarlo en la sala donde comparte con otros enfermos, la sala común donde siempre hay un televisor encendido, por las mañanas en el canal de las novelas mexicanas y por las tardes en el canal de fútbol. Solo esos dos canales. No les dejan ver otra cosa. Fútbol y telenovelas mexicanas. Y la enfermera lo lleva tomado de la mano a la sala común y le dice que se quede ahí, que «luego vengo, poeta» le dice y el viejo se queda ahí, en una silla, viendo nada más, viendo a los demás que no son muchos pero son los que hay. Y los ve a cada uno, a cada una, en su soledad. Son viejecitos y viejecitas en sus soledades personales, tan llenos de nada, tan lejos con sus miradas como en un lugar lejano que nadie conoce, que a nadie le interesa, y el viejo los ve y sabe que todos están muertos, que él de alguna manera también está muerto, que todos han estado llenando de su olor a muerte ese lugar.

Y ve a su derecha y ve a su izquierda, entonces se acuerda que está ahí porque está enfermo, porque está muriendo, y porque es —sobre todas las cosas— un viejo muy viejo. Su hijo lo ha llevado hasta ahí para que muera en un lugar un poco más digno, un poco más solo. El viejo piensa que está bien, que «es mejor que morir en la calle» se dice, murmura, y se da cuenta, se vuelve a convencer, esta vez con menos esfuerzo que en otras ocasiones, que estar ahí está bien, de alguna manera está bien estar en ese hospital, o asilo o sanatorio, que no sabe bien lo que es ese lugar, que no sabe bien dónde está, y que tampoco, en el fondo, le interesa mucho. Las paredes ahí alguna vez fueron blancas, alguna vez fueron perfectamente blancas, ahora son perfectamente viejas como las personas que habitan ese lugar, paredes viejas para personas viejas.

Roque, se acuerda que se llama Roque, pero entra en duda, me llamaba Moloch, antes me llamaba Moloch y «Moloch era genial» piensa, «era como un súper héroe», se dice. Luego se queda callado, porque quedarse callado es algo que le gusta, quedarse callado es algo que le sale bien, siempre le gustó estar callado, como muerto pero sin morirse, se dice que es como estar muerto sin estar muerto, «¡estar callado es como hacerse el muerto!» grita, grita pero nadie le presta atención, ni las enfermeras ni los otros viejos, algunos ven la tevé, otros se hacen los muertos como él, están callados y entonces piensa que si se queda callado el tiempo suficiente hasta podrían pensar que está muerto y podría entonces pasar por muerto, se le ocurre, «para salir de este lugar debo hacerme el muerto» piensa, callado, porque estar callado es poner en orden sus ideas, «bah, qué idea más estúpida», reflexiona y mira la tevé y en la tevé están transmitiendo *María la del barrio*, y se le queda viendo a la Thalía, con su acento de pobre, su acento de mosquita muerta, su acento de pendeja, Thalía y su acento de mexicana pobre y pendeja, y le da asco, y le da ganas de vomitar pero no vomita solo le da ganas, piensa que le da ganas pero solo es asco, «eso de interpretar a una chica pobre sin conocer la pobreza no está bien» dice, pero nadie le presta atención, nadie lo escucha porque en la sala común están todos, pero están para estar solos, y el viejo lo sabe, puede decir lo que quiera y nadie nunca le va a responder.

Luego de una hora, quizá, minutos más minutos menos —el tiempo es algo que un viejo en un asilo, o un hospital, no se detiene a pensar—. Le parece que ha sido hace una hora cuando la vio por última vez y le dice «hola», y ella le dice «hola» y le sonríe, y «¿por qué sonreís?», le pregunta el viejo, «porque sí», le dice ella, y el viejo como que quiere preguntarle más pero se queda con esa respuesta, tan vaga, tan nada, tan insignificante, «no recuerdo tu nombre» le dice, «usted nunca lo recuerda» le dice ella, con una sonrisa que al viejo le parece pícara, y se queda callado, pensando, pensando si es cierto lo que ella le dice, intenta recordar pero no recuerda nada, ningún nombre que se le pueda ocurrir se le hace un nombre para ella. Flaca, pelo corto, y esa nariz respingada, labios delgados y ojos rasgados y pequeños, aquello era todo, una mujer común.

—Me llamo Ana, don Roque.

—Es un palíndromo. —Le dice él.

—¿Qué es un palíndromo?

—Que tu nombre se lee igual al revés.

—Ah, es cierto. Nunca lo había pensado. —Le chequea la presión, anota cuidadosamente en unas hojas.

—¿Quiere un dulce don Roque?

—Bah, dame esa mierda pues —todo, o casi todo lo responde de mala gana—, los dos sabemos que no es un dulce.

—Le va a ayudar a comer y que no le duela el estómago, y si no le duele el estómago entonces no va a vomitar. —Le explica Ana, calmada, con esa voz de ángel que ponen las enfermeras cuando seducen a un moribundo para que trague los fármacos, para que no se muera, para que siga un poquito vivo, un poquito menos muerto.

—Ana, ¿y vos creés que sí ayuda?

—¿Qué cosa don Roque?

—¿Y qué pues?

—¿Las pastillas? Claro don Roque, y mucho. —Se lo dice con cierto tono, con cierto aire de estar diciendo algo que difícilmente se puede poner en duda.

—No te creo, tenés cara de mentirosa —y se ríe—, es tu nariz, tu nariz es de alguien que miente siempre.

—¿Usted cree? —Se guarda el frasco de las pastillas, y cruza los brazos sobre el pecho como cruzan los brazos las personas cuando se enojan. Frunce el ceño.

—Sí, estoy convencido. —Y ella se ríe, y él se ríe.

La cena será otra vez ese puré de papas que le sirven para cenar, hasta que deje de vomitar lo que come, hasta que su cuerpo se estabilice si alguna vez se logra estabilizar, hasta entonces seguirá comiendo puré de papas. Esa forma asquerosa de comer la papa, ese machucado de papa, ese asqueroso puré que sirven en ese hospital o asilo, que le parece tan asqueroso y que no quiere tragar, es lo único que le darán para cenar todos los días hasta que su cuerpo recupere cierta normalidad, cierto placer por estar vivo que parece haber perdido antes de que su hijo lo internara —o lo olvidara, que es lo mismo— en este lugar.

Por las mañanas yogur, y aunque pida café las enfermeras no le darán café, lo tiene prohibido. Al mediodía sopa de pollo o sopa de fideos o sopa de fideos con pollo, y aunque pida café se lo volverán a negar, por la noche puré de papa, una montaña, una enorme montaña de puré de papa, y para esas horas que serán las siete de la noche, se le habrá quitado todo deseo de tomar café, pero solo porque habrá olvidado que tomar café es algo que le gusta.

Por las noches, antes de dormir, piensa que algo se le olvida, y piensa en todo lo que se le debe de haber olvidado. De un tiempo para acá se ha dado cuenta y no sabe si es por viejo, si es por estar enfermo, si son los fármacos, si es todo y nada a la vez, pero se da cuenta de que recuerda muy pocas cosas, algunas apenas y las intuye desde una memoria fragmentada. El viejo padece de episodios intensos en los que no recuerda, o habla solo, no recuerda y habla solo. Y las enfermeras se le quedan viendo a veces y a veces solo lo dejan ahí, solo, meándose encima, llenándose de sus fluidos, meándose y cagándose porque al final de cuentas no recuerda nada la mayor parte del tiempo.

Llora, cuando no recuerda nada llora, porque no sabe dónde está ni cómo se llama. Y no sabe qué tan viejo está. «Ochenta y siete años» le dijo una enfermera, y él repitió «ochenta y siete, tengo ochenta y siete años» se decía todo el tiempo hasta que olvidó porqué repetía ochenta y siete y decir ochenta y siete le supo a palabra hueca, le supo a nada, y se quedó callado, porque le gusta estar callado, dice que estar callado es como hacerse el muerto y él se hace el muerto quedándose callado. La enfermera se rió, y le dijo que «treinta y cinco años», y él dijo sí, «es cierto, tengo treinta y cinco años».

Cuando se queda callado de repente recuerda que era poeta, que alguna vez le llamaron poeta, recuerda que le decían «hola poeta, ¿quiere una cerveza?» pero no recuerda a qué sabe una cerveza. Lo intenta un rato, lo intenta todo lo que puede hasta que olvida qué es lo que intenta recordar y se olvida de la palabra «cerveza» como se ha olvidado a qué sabe, como también ha olvidado la palabra «poeta», se ha olvidado ya de todas las palabras. «¿Y eso qué quiere decir?», le dijo una vez a Ana, y ella le dijo que la palabra significaba algo así como tener sueño, «tómese la pastilla» le dijo después, y él se la tomó bien portadito, y se estaba quedando dormido, pensando en la palabra «sueño». Ana le toma la mano, «¿le duele algo?» le pregunta. «Nada» le responde él, pero quisiera decirle que el alma, pero no sabe cómo decirle a Ana que a él lo que le duele es el alma porque no recuerda la palabra «alma», solo la siente y sigue pensando y repitiendo la palabra «sueño». Se queda dormido pensando en la palabra sueño, pensando en la palabra que no puede recordar que solo siente, pensando en la palabra sueño hasta que olvida la palabra que estaba recordando y los ojos se le hacen más pesados, y siente que todo está como lejano. La voz de Ana, la palabra sueño y la otra palabra que no recuerda pero que siente. Todo le parece lejano y pesado. Y se duerme. Entonces a Ana le parece que está como muerto porque se queda bastante quieto cuando duerme, y respira bajito, respira como si no respirara. «Parece muerto», se dice, «un día quizá no despierte», piensa. Y se va y lo deja allí en esa cama, como muerto pero no lo está, solo está dormido.

Todo es un laberinto. Recordar es un laberinto. El perro que nunca tuvo era un laberinto. Se ha perdido en un laberinto. Llora en un laberinto. El país entero es un laberinto. El corazón, su corazón, es un laberinto. Ella quería ser carrusel, se lo dijo, y se hizo laberinto. Pero no sabe quién es ella, a veces la llama, pero no sabe quién es. «¿A quién está llamando, don Roque?», le dice Ana. Y el viejo no contesta, solo se queda ahí como ausente, como si ver hacia la nada fuera un oficio que se realiza con esfuerzo cuando lo que de verdad está pasando es que ni siquiera recuerda que se llama Roque. «¿Quién es Roque?», piensa, y se queda callado, como ausente, como haciéndose el muerto.

Esa tarde toma su café más callado que de costumbre —piensa que toma su café, se lo imagina, oloroso, humeante en la taza, hace que lo toma pero la taza no existe, el café no existe—. Lo toma viendo hacia enfrente, viendo hacia la nada, jamás presta atención que la taza no existe —para él existe— podría estar bebiéndoselo pero no existe y eso a él le da igual. «¿Qué le sucede, don Roque?», le ha vuelto a preguntar Ana, porque la primera vez se dio cuenta que no le escuchó. Y la ve, pero no le dice nada, y ella le dice que está bien, que el silencio también es una forma de estar solo, le dice, dándole una palmadita, pero él no sabe qué significa la palabra «solo», no sabe qué es estar solo, no lo recuerda. Se le queda viendo, balbucea algo, «qué», le dice ella. Y le parece que ha dicho un nombre. «Raquel», dice, «¿quién es Raquel?» le pregunta la enfermera. «No lo sé», le dice el viejo, como confundido, con los ojos o la mirada, con la mirada desorientada. Tiene la mirada de loco —la gente dice mirada de loco— como los enfermos de un psiquiátrico, como los vagabundos.

«Siempre dice ese nombre», le insiste Ana al doctor. Pero a él no le interesa y le contesta con monosílabos, ujum, sí, no, esas cosas que la gente contesta cuando no tiene ganas de contestar. Y no pasa a más. Porque nunca pasa a más cuando le vienen a decir que los ancianos necesitan algo. Se le ve cansado al doctor, y se le ve como con ganas de mandar todo a la mierda porque los médicos siempre tienen esa cara, ese rostro de desasosiego. Tiene el rostro de quien contempla las causas perdidas por las que lucha, las ve acumularse y las ha venido viendo acumularse en el rincón más húmedo de su oficina. Por tantos años se han acumulado ese montón de razones para seguir siendo médico que ahora sencillamente ya ni siquiera se lo recuerda, ya ni siquiera hace el esfuerzo por saber, ya ni siquiera tiene ganas de seguir siendo médico.

—No lo sé Ana, no es importante, mientras se tomen los medicamentos qué nos importa lo que digan.

—Sí doctor. —La enfermera baja la cabeza, y se mete las manos a los bolsillos de enfrente.

—Ya no le den más café, le están ayudando a morir, que tiene cirrosis el cabrón. —La regaña.

—No doctor, nunca le damos café. —Responde, y agacha la cabeza.

—¿Sabés qué, Ana?

—¿Qué cosa doctor? —Pregunta.

—Dale todo el café que quiera, que se muera el hijueputa, a nosotros qué nos importa.

—Sí doctor.

—Dejá de decir «sí doctor», parecés uno de ellos.

Y Ana callada, se le queda viendo, porque no sabe qué más decirle.

Ensimismada, Ana piensa en que las enfermeras son las últimas de la escala médica, de la atención médica. Ana lo sabe, sabe que ella es inferior, que está marcada por la sociedad como la trabajadora invisible, es el médico el que se llevará el crédito de todo cuando algo salga bien, ella lo sabe, que solo existe cuando hay que limpiar la porquería de los internos, cuando hay que limpiar la mierda y los meados de los enfermos en este hospital o asilo, Ana sabe que ella al final del día sigue siendo insignificante, apenas útil para las labores pesadas, para hacer el trabajo sucio, es una persona de baja categoría. Las enfermeras están condicionadas a su papel: ser las invisibles. Arriba de ellas están los médicos. Siempre ha sido así y siempre lo será. Con hastío debe asumirlo, se resigna porque no le queda de otra, es eso o enlistar la larga fila de desempleados de este país de mierda gobernado por gorilas.

«Ana, vos sos una mujer valiosa», le dijo una vez al oído Pastor Morales, «sos valiosa» le dijo, mientras fingía que oraba por su alma. Ana se asustó y quiso salir corriendo como salen corriendo esas pequeñas gacelas en los documentales de vida animal, cuando una guepardo se las quiere almorzar, pero Ana estaba en horario laboral —cumpliendo con su turno de doce horas— y por eso hasta la podrían despedir, por dejar su puesto de trabajo sin justificación o por hacerle un desplante a Pastor Morales. Entonces sí que estaría hecha mierda, y estaba hecha mierda, como si fuera una enferma terminal, como las enfermas terminales en este asilo que parece hospital. «Sos muy valiosa para el señor» le dijo Pastor Morales y le acariciaba la rodilla con los ojos cerrados, mientras le ponía la biblia con la otra en la cabeza, y Ana quería salir huyendo porque no entendía los motivos de Morales, y su tacto, y su entrepierna, y su labios, y sus ojos, todo su cuerpo sintió algo feo, algo, un susto que jamás había sentido. Se lo dijeron luego: «a Pastor Morales le gustan pollitas». «Pollitas», le dijeron las otras enfermeras cuando se los contó y se rieron, y la dejaron allí con la pena y entonces supo que estaba sola. Pastor Morales la había elegido entre todas las presentes, y buscaba la forma de metérsele entre las piernas, de depositar su semilla divina en su vientre pecador para purificarlo.

«Estás como ausente» le dijo el viejo una tarde después de los medicamentos —y él estaba ausente, viendo la tevé en el canal de fútbol—, «cómo juegan sin saber a qué juegan» le dijo después, señalándole la pantalla de la tevé, viéndola a los ojos, y Ana estaba a punto de llorar, a punto de quebrarse porque pronto sería jueves, pronto sería el día de dios, pronto llegaría Pastor Morales a orar por ella, a tocarle mientras finge que ora por la salvación de su alma.

—Si querés lo mato.

—¿De qué habla don Roque? —Y Ana se acomodó la ropa, se secó las lágrimas que no terminaban de salírsele.

—Del hijueputa ese.

Pastor Morales llegaba siempre acompañado de un grupo de feligreses, las mujeres más entregadas a la causa divina de evangelizar y orar por las almas de enfermos y moribundos, o enfermos moribundos, que en muchos de los casos era lo mismo. Aquellas mujeres no se perdían jamás la visita semanal al Asilo San Felipe, porque eso era un asilo y no un hospital. Perdérselo era sinónimo de indisciplina y haber cedido ante las tentaciones del demonio. Pastor Morales se los había explicado bien cuando las juntó. «Ustedes son almas del celeste, enviadas a la tierra con una misión», les dijo, «ser las responsables de salvar las almas de aquellos que en su lecho de muerte estén a punto de ir al infierno por no arrepentirse de sus pecados aquí en la tierra», les explicó, «y ¿quiénes somos nosotros para negar esa posibilidad a una persona a punto de estirar las patas?» —«estirar las patas» les dijo y levantó la biblia, ellas contestaron que «amén»—. Pastor Morales le dio órdenes específicas a cada una, eran las seis mujeres de la misión santa y representaban el valor de cada día de la creación. «El séptimo, el día del Señor soy yo», dijo fingiendo una voz ronca celestial. «Vengan y descansen en mí como si descansaran en la paz del señor nuestro dios», les insistió, y ellas dijeron «amén».

A Morales se le conocía por su disciplina, llegaba siempre puntual, siempre a las dos de la tarde de todos los jueves. No faltaba. Llegaba siempre metido en ese traje de funeraria, su saquito y su pantalón de tela, su camisa blanca de fondo y siempre, siempre llevaba puesta la corbata igualmente negra. Llevaba esa aura de enterrador para visitar a los moribundos. Pastor Morales siempre dijo que ir vestido de esa forma era la forma en la que a dios le agradaba, «dios lo exige» decía, con sus sonrisita de estúpido, «vestir así —explicaba el hijo de dios—, es eso lo que le da mayor formalidad al asunto». Llegaba para orar, para pedir que esas almas fueran sanadas. Llegaba siempre con sus seis mujeres. Y ellas iban siempre vestidas con largas faldas negras y blusas blancas. Una especie de grupo de agentes secretos *vintage* que visten de sastre, «el sastre de dios», dijo una vez que alguien le preguntó, que el sastre que les hace los trajes también debía ser cristiano, que «solo las manos de un hombre que está en el camino del señor pueden vestir a sus siervos», dice «siervos» por decir «ciervos», «ovejas», «hermanos», siempre dijo siervos, y claro que son siervos, tímidas ellas, las mujeres de Pastor Morales eran tímidas ante la presencia del siervo de dios como si fuera dios mismo a través de él. Únicamente abrían la boca para orar, para leer esos pasajes de la biblia que Morales previamente les indicaba debían ser leídos antes de cada oración, pasajes detalladamente buscados según el caso. A Roque le leían siempre el libro de Job, que Job era un siervo de dios que a pesar de su devoción fue puesto a prueba, no había duda del amor de Job por dios y por eso nuestro padre celestial —insiste: nuestro padre celestial— permitió que el demonio le hiciera una serie de pruebas que midieran la fortaleza de su espíritu.

El viejo sentía que se moría cuando una de las mujeres de Pastor Morales le leía la biblia. Cada que oraban por su alma sentía que moría, que le faltaba el aire. ¿Qué alma?» le dijo a Morales, «la que nuestro señor te otorgó en el día de la creación, porque él supo de vos en ese día, el día que dios hizo todo lo que hay en la tierra y en los cielos». Roque se quiso morir pero no pudo, le volvieron los dolores de panza, pero no vomitó, ya no vomita, que gracias a los cuidados y los medicamentos su salud se ha puesto mejor pero la sola presencia de Morales y su grupo de oradoras lo pone mal, esa tarde como que le vuelven esos dolores que quieren matarlo. Sentía morirse, quería morirse pero no se murió. Sentía ganas de no saber más de nada, pero estaba ahí como confinado, como un condenado que debe a cualquier costa soportar la condena. Por las noches, cuando puede, duerme. Cuando duerme como que descansa. Solo un poco, porque entonces vienen las pesadillas, vienen las visiones, vienen las conversaciones a solas sin que a alguien le importen.

—*Cierva*, hoy yo voy a orar por vos —y Pastor Morales cambia el tono de su voz, al hablar pone la voz suave, dulzona, como si sus palabras emanaran de un frasco de miel—, porque el señor me ha revelado una visión sobre tu futuro.

—Pero ahora estoy ocupada, mucho, hermano, de verdad que ahora mismo no puedo.

—Eso dicen todos, todos, te lo aseguro, lo dicen hasta que a sus almas ya no les queda tiempo.

—Pero no es mi caso, es que de verdad estoy de guardia.

Ana finge ver hacia otro lado, como si una urgencia irremediable le estuviera llamando, como si solo ella pudiera solucionar eso que la aleja del momento sagrado de oración. Y ruega porque alguno de esos viejecitos se comience a ahogar con su propia saliva.

—Sierva, todas las cosas del mundo pueden esperar, dios es más importante.

Pastor Morales le pone las manos en sus hombros, esos hombros pequeñitos de adolescente, de mujer que no terminó de crecer. Se los acaricia, con esas manos toscas y grandes, huesudas, los dedos largos. Y cubre de pronto su rostro, cierra los ojos como si estuviera escuchando la voz de dios.

—Padre celestial —comienza Morales con su oración—, esta es tu hija y te pido en el nombre de tu hijo Jesús que inscribas a Ana entre los elegidos en el libro de la vida...

«Entre los elegidos», dice Morales, y a Ana ninguna idea se le hace de qué es lo que significa ser una elegida por dios.

Con los dedos Pastor Morales toca sus ojos, acaricia sus cejas, su nariz, y su boca. Le acaricia la boca y se queda callado. Se queda callado como si entrara en trance, como si estuviera a punto de saber lo que es divino y dice algo que no se entiende bien, que no se entiende nada. Pastor Morales comienza a hablar en lenguas angelicales y con sus manos sobre el rostro de Ana, y Ana que quiere vomitar, que quiere morirse, que se siente invadida y sucia. Un asco le recorre el cuerpo, un asco que le provoca enormes ganas de soltarse a llorar o tirársele a golpes al siervo de dios. Y Ana llora, suelta un pequeño sollozo, un llanto leve, uno que Morales interpreta como el toque del espíritu santo.

—Es el espíritu santo tocándote, hija —le dice—. Es dios hija mía, es nuestro padre celestial entrando en tu cuerpo, déjalo, no te resistás.

Y las manos de Pastor Morales se prensan de su cuello y Ana siente que le falta la respiración. Pastor Morales le da un pequeño apretón y dice «siente, siéntelo entrando y regocijándose en tu alma». Y Ana llora, llora con más asco que lágrimas. Y esta vez algo se le viene encima, un mareo o algo, el desayuno o el almuerzo, o todo junto, se le viene y siente el ardor en la boca del estómago como un punzón. Siente lo caliente, algo caliente y agrio viniéndosele para afuera. No puede más, lo suelta y ese vómito verde va a dar directo al pecho de Morales, y le llena su trajecito de funeraria, su camisita siempre blanca, se llena de ese verde que viene desde las entrañas de Ana, que ahora ha quedado ahí en su camisa como una obra de arte, que lo expone como el imbécil que es, como el perdedor que es, como el hombre de dios que es. Ese vómito es todo lo que Ana siente por él. Y Morales lo sabe, Morales se hace el que no se da cuenta y sus manos le sujetan con más fuerza el cuello a Ana y Ana como que se asfixia y le entierra las manos en los brazos a Morales, le dice algo —algo que no se entiende—. «Suélteme» le dice, pero Morales le insiste que se calme, que permita a dios actuar sobre su vida, pero en su rabia lo que quiere es matarla por haberle vomitado su traje de hijo santo. Ana comienza a sentirlo, a sentir que es precisamente su vida la que está a punto de perder en manos de esa pantalla, de ese idiota vestido de pingüino, vestido para ir a enterrar a dios. Por fin la suelta, se saca el pañuelo del saco, porque un hombre vestido con semejante traje debe siempre llevar un pañuelo, un hombre de costumbres y tradiciones debe siempre tener un pañuelo listo para el auxilio, para rescatar a una dama en medio del llanto inconsolable por a saber qué o de su propia dignidad.

—Lo siento hermano. —Aunque en realidad no lo siente.

—No importa hija —su voz ahora tiene menos dulzura que al principio—, deben salir todos los demonios.

Morales intenta salvar la situación.

—Era una pasta de brócoli, hermano, una de esas sopas espesas.

Se venga la mujer.

—Sé lo que es una pasta de brócoli, Ana. —Balbucea el Pastor. Se limpia con asco lo que ha quedado untado en su ropa.

«Un día de estos Ana, un día de estos», repite mientras se limpia el vómito verde de encima, y Ana sabe que aquellas palabras del hijo de dios son una amenaza, Ana lo sabe, solo que no quiere pensar en ello. Pastor Morales la trae entre ceja y ceja, en medio de la garganta, entre las ganas, dibujada en su mirada de ángel maldito. Morales tiene un nudo en la garganta y cree que ese nudo se llama Ana, que no se desata sin ella, que con ella se abre esa puerta. Pastor Morales no sabe lo que significa abrir esa puerta, le inquieta, lo llama —quiere creer que lo invita a entrar por ella— y lo seduce a tocar fondo. Morales no sabe que esa puerta una vez abierta heredará solo llanto y muerte. Llanto y muerte, son las cosas que ignora Pastor Morales.

Pastor Morales es medio retrasado, medio pendejo, babea, entra en trance, entra en ese limbo, en ese espacio emocional donde no se sabe nada de él en días. Sus mujeres lo alimentan, lo cuidan, lo bañan. Sus mujeres lo alimentan a cucharadas porque Morales cuando entra en trance queda como imbécil, babea de hambre, babea de rabia, babea y llora, y nadie sabe qué sucede en su cabeza. «Dura un par de días nada más, hija mía», le dijo muchas veces a la mayor de sus mujeres. «Un par de días» repitió ella en su cabecita y se le subió encima para frotarlo con su cuerpo. Lo frota pero él sigue en trance, babeando, con fiebre, con rabia, con la mirada hierática, perdida en una imagen que flota en su cabeza. Y la mujer frota su cuerpo entre sus ropas, y eso a ella como que le gusta, sentir el cuerpo de Morales siendo suyo de esa forma, a ella le parece un acto de amor divino, un acto de entrega santa, pero también es suyo de otras formas, porque cuando quiere, cuando tiene ganas, cuando la voz de dios le indica, sus mujeres le abren las piernas y se dejan chupar la entrepierna, se dejan chupar las tetas, se dejan meter la verga —porque Morales no se las coge, no les hace el amor, Morales solo les mete la verga o a veces ellas la toman y con sus manos se la llevan dentro— y Morales piensa que cogerse a sus mujeres es un acto de comunión, y ellas convencidas de ese acto de comunión se lo turnan. Pero nadie más que ellas, nadie más que él —se habían asegurado bien que nadie más supiera lo que sucedía en las entrañas del servicio divino—, nadie sabe que aquello es un club de orgías sexuales: oración, sexo, todos los fluidos mezclándose en la paz del señor.

Benditos son, benditos y habitando la gloria de dios, Pastor Morales y sus seis mujeres en orgía, proclaman la segunda venida del nazareno y oran —piden— al padre celestial por las almas de los moribundos, de los enfermos, de los viejecitos desgraciados que han llegado, o por gracia o por pecado, a lugares como el Asilo San Felipe.

Era tarde, bien podía ser de noche, pero aún era de tarde, ese momento en el que no se sabe si es de noche o de día, cuando el día dicen que muere y nace la noche. Era tarde, muy tarde como para ser de noche y de día a la vez, fue entonces cuando Morales reaccionó. Se sentó en el borde de la cama —un minuto, pero bien pudo ser una hora— y sus mujeres se le quedaron viendo. «Necesito bañarme» les dijo, como quien dice las cosas obvias, pero nadie se entera, ellas no se enteraban, nunca se enteraban de nada.

—Necesito bañarme, dios me ha hablado.

Dijo «dios me ha hablado», como congelando cada palabra en el aire, para que se quedara ahí la frase, rebotando, rondando la habitación, las cabecitas de sus mujeres.

—Está bien, ahora mismo te caliento el agua, amado.

Acudió la mayor, porque siempre la mayor era la que lo cuidaba.

En la mirada algo le había cambiado, era la mirada de alguien que estaba pensando hacer una locura, generalmente cuando alguien piensa que va a hacer una locura en realidad va a hacer una pendejada, pero Morales parecía que iba a hacer una locura. Estaba enfermo, como de odio, como de rencor, como de algo que estaba pudriéndole el alma. «Tenés la mirada de loco», le dijo la mayor de sus mujeres —dijo «tenés la mirada de loco» tan rápido, como queriendo no ofenderlo—, pero no cuestionó más porque no cuestionar era parte de ser las mujeres del servicio divino. Entonces la mujer le preparó el baño, el jabón, el champú, y lo más importante: su disco de José José, porque Pastor Morales era fan de El Principe, y aunque sintiera —y a veces no solo lo sentía, algo muy adentro de él, como su propia voz o la voz de dios, se lo decía— que su alma se quemaría en el infierno por la eternidad, Morales siempre ponía su disco de *greatest hits* para bañarse, para meterse y enjabonarse en la bañera con agua caliente hasta quedar esponjosito, hasta quedar con la piel arrugada de tanto estar en agua. Pero esta vez no, esta vez era distinto, ni siquiera lo puso, era la primera vez desde que su madre se lo regaló cuando cumplió treinta años y le dijo que ya era un hombre. «Ya sos todo un hombre, dejá de hacer pendejadas», le dijo y le extendió dentro de un empaque de bolas con diseño de círculos, un empaque de algo, el cedé de José José, y en él lo que se depositaba era la herencia musical de su madre.

Era tarde, casi de noche, y Morales se bañaba en silencio. Sin decir nada, sin decirse nada. En silencio, sin la voz de José José acompañándolo como siempre. Tenía la mirada perdida. Morales estaba enfermo de odio, enfermo de rencor, enfermo de Ana. Todo lo que pensaba —si acaso pensaba algo— era en el vómito de Ana sobre su traje de hijo de dios, su camisa blanca, que ya no era blanca, tenía la mancha verde del demonio que Ana llevaba dentro. Pensaba en Ana, era para lo único que parecía tener neuronas, era para lo único que su cabeza enferma funcionaba. Y entonces salió del baño, salió desnudo, con el agua cayéndole por todo el cuerpo, empapando el suelo, empapando la alfombra de su habitación. Buscó su ropa, buscó su loción, porque Morales iba siempre impecable, bien planchadito, bien oloroso, todo un hijo de dios. Se enfundó en su traje, se puso los calcetines blancos y las zapatos negros, aquel par de zapatos de charol que Morales usaba únicamente para el servicio religioso en la iglesia, su iglesia, el servicio divino, y luego buscó vaselina, buscó el peine, y se hizo el mismo peinado, siempre el mismo peinado, parecía tarado con su pelito de lado. Se peinó como su madre le enseñó, como su madre le dijo que se debía peinar, como su madre dijo que se peinaban los hombres —«así se peinan los hombres de dios», le dijo de niño—, «como se peinan los hombres de dios», pensaba Morales, y entonces con el peine se acicalaba la cabeza y quedaba como todo un siervo, como todo un hijo de dios, como todo un general de los ejércitos del poderoso de Israel. Y sus mujeres en la sala de casa, que oraban, que pedían a dios por la salud del Pastor, que prometían no ser tan pecadoras, que prometían mayor devoción si el dios de los cielos les hacía el milagrito.

—Háganos el milagrito padre nuestro —decían todas— de quitarle esa mirada a nuestro amado Pastor, de quitarle ese odio.

«El milagrito» decían, «de limpiar su corazón».

Morales entonces les dijo que se iba, tomó su biblia y cuando estuvo listo para salir les dijo que se iba solo, que necesitaba tiempo a solas con dios para cumplir su misión, y ellas como que sintieron que algo se les salía, era el corazón, era un frío atravesándoles el cuerpo, era el miedo que provocaba Morales desde el odio que llevaba en su mirada. Entonces se fue, sin decir más, sin dar explicaciones, sin pedir la bendición a la mayor de sus mujeres como siempre lo hacía, era la partida de alguien que sabía que iba a hacer algo. Morales lo tenía decidido, salió con ese *algo* rebotándole en la cabeza, sus ideas las tenía todas revueltas, todo en él parecía que andaba mal. Todo él estaba mal y entonces salió. Pastor Morales tiró la puerta y sin decir a dónde se marchó de su hogar —sin saber si volvería— con la biblia en una mano y, en la otra, una espada imaginaria.

PASTOR MORALES

DESPERTÓ SUDOROSO y asustado. El viejo soñó que algo le abría el estómago desde adentro y le sacaba las tripas, debió morir en el sueño, debió morir en ese asilo, hace muchos años en cualquier rincón húmedo del *downtown*, pero algo lo hacía aferrarse a la vida, de alguna manera algo lo mantenía con vida como si estuviera predestinado, como si estuviera marcado por la providencia para cumplir un objetivo mayor a su existencia. El rostro pálido de Pastor Morales le vino a la cabeza como un zumbido, como un grito que se ahogaba en el vacío oscuro del pasado o un sueño que al final de cuentas era eso, un mal sueño, una profunda pesadilla dentro de una pesadilla. Despertó sintiéndose una mierda, algo inservible, se lo dice y llora, se lamenta como un niño asustado. Es un niño asustado en medio de la oscuridad caliente de la noche porque recuerda sus manos llenas de sangre y la voz aguda y temblorosa de Ana diciéndole que se vayan, que huyan. Y huyeron, se fueron tan lejos como pudieron.

Recuerda el viejo —en medio del sobresalto y la penumbra— que lo tomó por sorpresa, que se le acercó por atrás, sigiloso, recuerda sobre todo eso, el sigilo con que actuó porque nunca en su vida hubo necesidad de ser sigiloso. Luego de escuchar los ruidos que llegaban desde la enfermería caminó en silencio a través de un pasillo oscuro y avanzó en esa dirección como si entendiera el llamado de lo desconocido. Lo intentó asfixiar cubriéndole el cuello con sus brazos robustos y sudorosos, eso fue primero, pero el enclenque Pastor Morales parecía ser más fuerte que él, se le estaba zafando y como pudo, quizá por la desesperación del forcejeo, con una mano tomó un bisturí —que quién sabe para qué tenían allí en esa enfermería— y le cortó la garganta sin reparo, sin siquiera titubear, lo hizo como lo haría alguien con experiencia criminal, no le quedó de otra, el viejo sintió cómo el cuerpo de Pastor Morales se le aflojó, se le vino encima, y lo bañó enterito. Su rostro, sus manos, su pecho, toda la sangre de Morales lo había bañado, toda la sangre del siervo de dios se hacía un charco al rededor del cuerpo que ya en el suelo temblaba como en un ataque de epilepsia o como un pollo perdiendo la vida, el rigor mortis era todo lo que quedaba de ahí en adelante para el ungido, para el siervo, el hombre del trajecito negro. El viejo recuerda aquella noche en la que le quitó la vida al hijo de dios. Cada vez que despierta de esa pesadilla el viejo recuerda la mirada de Morales, esa última vez que sus ojos se vieron directamente y se pregunta si esa última mirada era para pedir auxilio o para maldecirlo, todavía no termina de entenderlo, pero el rostro de Morales, su mirada apagándose y el ruido de esa bocanada de aire se le seguían apareciendo en sueños, no lo dejaba en paz ni aún muerto.

Valiéndose de su reconocimiento espiritual, Pastor Morales había llegado al asilo de noche, nunca iba de noche, pero lo que él llamaba una misión divina, dictada por la voz misma de dios, lo tenía ahí, de repente, tocando el portón para que el guardia de seguridad lo dejara entrar, a fin de cuentas era el hermano de los enfermos, algunos lo llamaban así porque siempre oraba por las almas de aquellos que en los hospitales estaban dando las últimas. Pastor Morales se había forjado con esfuerzo la reputación de ser implacable con el demonio, era aquel que en el último aliento le arrebataba las almas de los desahuciados a Lucifer. El hijo de dios apelaba ante el altísimo en nombre de los moribundos, en nombre de aquellos que de otra manera irían sus almas a dar directo al infierno. Intercedía ante quien intercede —decía siempre, «porque solo Jesús puede interceder pero yo intercedo ante él» les decía— para que los enfermos terminales tuvieran una última esperanza. Pastor Morales era su última esperanza.

—¿Qué hace tan tarde por aquí? —Preguntó don Alfonso, el *watchiman* del lugar, viendo que son casi las nueve de la noche en su reloj Casio, sorprendido por la hora en la que aquel heraldo del cielo llegaba al asilo.

—Vengo para cumplir la misión de dios, hijo.

—Pero dios debería tener un horario de trabajo, ¿no cree, hermano?, que los viejitos ya están dormidos.

—Seguro que alguno estará despierto, supongo que si dios me ha enviado a estas horas debe ser porque él sabe algo que vos y yo en este momento ignoramos completamente.

Don Alfonso abrió el portón y siguió sumido en su café, en la transmisión de sus rancheras favoritas en aquel radio tan viejo como él, que cuando se jubilen, el radio y don Alfonso, dejarán la caseta de entrada por una cama en el pabellón de hombres del Asilo San Felipe.

A la mañana, la noticia de su muerte reventó en todos los periódicos. Estaba en todas las portadas con la foto de Pastor Morales. Era un escándalo, un predicador evangélico asesinado en el interior del asilo de la ciudad, la desaparición de una enfermera y de uno de los pacientes. La foto de aquel hombre, con los pantalones, con el calzoncillo, con la dignidad bajada y la garganta abierta, la poza de sangre, la biblia a un lado. Era una imagen que perturbaba a la sociedad cristiana de Tegucigalpa, que se unía en oración para encontrar a los responsables, para que la policía —guiada por dios— diera con los responsables de semejante herejía, pero el trámite burocrático que suelen darle a estos casos dejó que los periódicos incendiaran al país con la noticia de un evangelista asesinado, eso era mejor. Desviaba la atención de lo importante. Por más de una semana Pastor Enrique Morales Villanueva, de treinta y tres años, fue famoso, alcanzó la popularidad de un *rockstar*, su foto, su biografía contada con entrevistas a su madre y a sus mujeres —que nadie supo nunca que eran sus mujeres—, llenaron un par de páginas en uno que otro periódico, los que tardaron un poco en perder la emoción por el caso, los que dijeron siempre que un siervo de dios había sido asesinado en el interior del Asilo San Felipe mientras realizaba su servicio de oración por los ancianos.

Tuvieron sus mujeres que ver el cuerpo desnudo en la morgue y reconocerlo, porque la madre estaba en *shock* y apenas podía reaccionar cuando se le decía algo, con monosílabos, a medias, medio tonta, medio en la nada, la pobre anciana era una masa de llanto y lamentos por su hijo. «¡Ay dios mío!» decía la madre, «¡ay dios mío, mi hijo, mi único hijo!», gritaba con la voz apagándosele en cada intento de maldecir. Las mujeres de Pastor Morales se hicieron cargo de cuidar a la madre y de ir a la morgue por el cuerpo, vieron por última vez el rostro ya apagado y la garganta cosida para que la cabeza no se separara del cuerpo, su cuerpecito desnudo, aquella pija flácida ya sin vida que tanto habían brincado. Tuvieron que verlo ahí, en el cuarto frío luego de la autopsia. Sus mujeres se hicieron cargo también del velorio y del entierro, de ir llorándole, ahora que no estaba, por cada esquina de la casa, y sintieron que ya nada tenía sentido, devastadas, reconocerían después que en su orfandad nada tenían, sin Pastor Morales nada las unía. Guardaron sus cosas en una caja de cartón, «para que nadie se las lleve», decían, para que siempre podamos volver a él, se engañaban, y pusieron por última vez el cedé de José José que tanto le gustaba escuchar a Pastor Morales mientras se bañaba y lo escucharon en silencio, sollozando para no interrumpir la voz de El Principe cantando sus grandes éxitos.

Luego entregaron el ministerio a otro pastor, a uno enviado por la asociación de pastores para hacerse cargo, para cuidar de las ovejas, para que la obra de Pastor Morales continuara aún a pesar de su muerte. «Con el pesar de la muerte —insistió el nuevo pastor— debemos ser fuertes, orar, encontrar en dios las respuestas a nuestro duelo» —decía a las mujeres de Morales y ellas que lloraban, que nada podían decir, que algo tenían atorado en el pecho, se sintieron solas y desamparadas sin él. Sintieron que dios las había abandonado.

BOB

SENTADO EN UNA silla de plástico, desnudo, escucha
la voz un tanto chillona de Ana, «que se quede quieto»
le dice, «el agua no está fría», le explica, para que no in-
tente salir corriendo como hace cada mañana. Cuando
siente el agua cayendo desde su cabeza el viejo pone las
manos abiertas debajo de sus ojos para que el agua caiga
como cae el agua en una cascada. En esto está cuando
un recuerdo le viene de pronto, uno tan lejano que ni
siquiera sabía que aún estaba ahí dentro de su cabecita
averiada. Roque tiene el aspecto de un hombre sin recuerdos, a veces no tiene recuerdos, el cabello hecho un
nido blanco y la barba a medio crecer. El olor del sudor
que le ha impregnado tanto el cuerpo no se le quita con
el agua y el Palmolive con el que Ana todas las mañanas religiosamente lo baña. El viejo recuerda a su madre
bañándolo de niño. Recuerda a su madre que lo bañaba
con tanta ternura, que calentaba el agua con el sol de la
mañana temprana y con el tacto tanteaba hasta encontrar
la temperatura correcta, su madre, que le enjabonaba el

cuerpecito al niño que alguna vez fue, y con aquella agua tibia de sol su madre le sacaba todo el jabón de encima. Siente la misma ternura. Siente que de nuevo puede ser aquel niño tan blanco que parecía hijo del sol, nada inquieto y que jugaba con la espuma del jabón en el rival de la pila donde su madre acostumbraba a lavar la ropa.

La infancia es algo que no vuelve jamás, y eso, aunque él no lo tenga claro, aunque él no lo recuerde, es así, pero el viejo encontró una grieta en su propio tiempo. Ha vuelto a ser un niño. El recuerdo de su madre es algo en lo que quisiera pasar los últimos días de su vida, y él parece no saber que tiene una vida. Ana lo baña con la ternura maternal que él necesita. De repente se ha vuelto su madre, de repente él se ha vuelto su hijo, juegan a ser una familia. Es la salida fácil, mejor eso que recordar sus cuerpos llenos de la sangre de Pastor Morales, mejor eso a recordar que Pastor Morales les jodió la vida, porque la vida siempre se puede joder un poco más.

Ana sueña también por las noches —igual que el viejo— y se despierta asustada, bañada en sudor, creyendo que desde la oscuridad Pastor Morales va a saltar para tomarla por el cuello, para hacer con su cuerpo lo que él quiera, lo que dios quiera, porque Morales siempre hacía lo que dios decía, y a veces dios le decía que estaba bien tomar a una mujer, entonces Pastor Morales tomaba a una de sus mujeres —una de sus seis mujeres— para orar, para hacerla suya, porque era la voluntad de dios a través de su profeta y ellas obedecían. Pero Ana no era suya, Ana no era una de sus mujeres. Por eso no le quedó otra que saltarle encima en mitad de la oscuridad esa noche —tan oscura como cada noche desde entonces, porque desde entonces todas las noches son más oscuras— y Ana siente que se ahoga, siente que muere cuando sueña con Pastor Morales, porque esa noche cuando Pastor Morales la hizo suya a la fuerza fue la noche cuando Ana murió y lo que desde entonces ha quedado es un alma en pena, es un cuerpo que anda pero que está vacío. Es mejor jugar a ser niño, es mejor jugar a ser la madre de ese niño. Ana y Roque juegan a ser la familia que no son, a ser la familia que ahora deben ser.

—Deberíamos irnos lejos, viejo —Roque se le queda viendo, y hace como que está pensando en una respuesta pero solo está paralizado por el miedo que siente de repente a lo desconocido, a la posibilidad de pensar más allá de esa silla plástica y el baño que está recibiendo—. Deberíamos irnos a los Estados Unidos —le insiste.

—No llegaríamos lejos, al menos yo no llegaría lejos.

—Vos qué sabés si nunca has salido de aquí, yo ya estuve allá. Me fui de niña con mi madre, pero a ella le dio un paro cardíaco y así de repente, a mí me devolvieron cuando tenía quince.

—No me quiero ir, ¿a qué iría yo?, solo a estorbar, pero vos tenés una vida por delante que yo no tengo.

—Está bien, pues, quedémonos y muramos de hambre en este hoyo de mierda.

—Esta es una isla bonita.

—Esta isla es cualquier cosa, menos bonita.

Los dos se quedan callados por un largo rato, desde la distancia las olas del océano son como un ruido semejante al galope de las hormigas en la cocina, suaves, arrullan con cadencia los oídos del viejo. Es muy tarde para él, es apenas nada para ella. Desde hace un mes que se quedan en casa de Fernanda —la única tía de Ana— en la Isla del Tigre.

—De dónde sacaste a ese viejo —le preguntó su tía cuando los dos se aparecieron en la entrada de su casa.

—Me lo robé —dijo Ana—, se llama Clark Kent, no te le acerqués demasiado porque es medio pícaro.

Y las dos mujeres se rieron.

Fernanda, que no es mucho mayor que Ana, apenas unos quince años, es la hermana menor —la única hermana— de su madre, y es también la única familia que le queda, porque cuando el marido de Fernanda se enteró que ella no podía darle hijos se largó.

—Me voy para Estados Unidos —le dijo su marido.

Pero tiempo después Fernanda se enteró que tiene dos hijos y otra mujer con quienes vive en San Pedro Sula. Ana es su única familia.

—Me llamo Moloch. —Se presenta el viejo.

—Se llama Roque. —Corta de tajo, Ana, a regañadientes y apresurada.

—Hola, don Moloch. —Le responde entre risas la tía Fernanda.

Se dan un apretón de manos porque a la tía Fernanda le ha hecho mucha gracia conocer al viejo.

—Creo que le hacen falta sus medicamentos, desde que no se los toma habla más y siempre está diciendo que su nombre es Moloch y yo ni sé de dónde sacó ese nombre, tía, lo siento.

Ana se pone al día con la tía Fernanda —tanto como puede, sin hablar de Pastor Morales, sin decirle a su tía que aquel siervo del señor rompió su alma para siempre—, se quedan hablando hasta casi la media noche después de la cena, aquel pescado frito con tortillas, queso y el café mas negro que en su vida ha probado Ana. Con solo sentir un trozo de aquel pescado envuelto en una tortilla de maíz, a Ana le parece volver en el tiempo, a los años de su infancia cuando en la isla todo parecía más liviano. Por esta noche, por esta única noche, parece no estar preocupada en que alguien pueda llegar buscándola en cualquier momento para hacerla responsable por el asesinato de Pastor Morales, a fin de cuentas a la isla nadie nunca llega porque en la Isla del Tigre no hay nada. A nadie se le perdió nada en este lugar que parece ser el fin del mundo.

La Isla del Tigre —sabe Ana como saben todas las personas que habitan la isla— es solo polvo y casas viejas. Jóvenes sin futuro. Viejos haciéndose más viejos. Es una isla donde la gente no va nunca, y lo más importante: nadie sale. La isla es en sí el escondite perfecto para dos prófugos, porque Roque y Ana ahora son dos prófugos marcados con la sangre de aquel hijo de dios. Ellos ignoran si realmente les buscan, y ante la duda, la isla es todo lo que tienen y lo que tienen en ella es tiempo para pensar, tiempo de sobra para divagar en todas las ideas que a Ana se le puedan ocurrir para salir de ese lugar. Sin embargo, hay algo que a Ana le inquieta más allá de la posibilidad de ir a la cárcel luego de que el viejo le cortara la garganta con un bisturí a Pastor Morales: desde niña su madre siempre le dijo que la isla tiene algo que imanta el alma, Ana se lo explicó al viejo. «Esta isla tiene algo que imanta el alma, viejo, vos no lo sabés pero te vas a dar cuenta», le dice, con ademanes y el tono de voz que tienen las personas cuando se lamentan, preocupadas.

Pronto, el viejo y Ana entendieron que nadie les buscaba, que a nadie parecía importarle hacer justicia por el asesinato de un pastor evangélico muerto en condiciones difíciles de explicar a la sociedad cristiana, porque el pastor que irrumpió en las portadas de los periódicos nacionales había sido asesinado en el interior de la enfermería de un asilo en mitad de la noche, pero nadie parecía estar interesado en encontrar a un viejo con los tornillos flojos y una enfermera que había abandonado su trabajo y la ciudad la misma noche en que apareció muerto Morales, con el tiempo se dieron cuenta que la vida desafortunada de un pastorcito a nadie le importaba. El asesinato de Pastor Morales sucedió cuando las elecciones estaban a la vuelta de la esquina y había suficiente en los periódicos con la noticia de que el presidente del país se iba a reelegir: «he escuchado el llamado de dios y de mi pueblo», dijo el presidente en conferencia de prensa, tres días después de aquella noche que cambió para siempre la vida del viejo y la enfermera. «He escuchado el llamado de dios y de mi pueblo que quieren que lo bueno continúe», concluyó el presidente.

La Isla del Tigre es una esfera anclada en el tiempo, una fotografía sucia, vieja, en sepia, colgada de una pared a la que nadie voltea ni siquiera por error. Ni siquiera en época de elecciones y el anuncio de la reelección del presidente parecía un evento exótico, uno más de los tantos que llegan a la isla desde territorio continental.

96

—Una vez —le dice Bob— estuvo aquí Albert Einstein.

Bob es un anciano del que nadie sabe con certeza su edad, pero es lo suficientemente viejo para caminar lento y encorvado, pero no tanto para olvidar sus recuerdos. Pequeño y rojo —su piel es roja, o rojiza, y no morena, de ahí su apodo de «Bob, El Rojo»—, habla como buscando las palabras precisas: despacio, cuidando siempre de decir lo que piensa.

—Mi madre —explica, cada vez que cuenta su historia— trabajó en los barcos y también en el casino de la isla cuando el Puerto de Amapala era un lugar importante para el país. Ahora, el puerto es todo polvo y olvido.

Bob, El Rojo, cuenta siempre la leyenda de Einstein llegando en un barco, como tantos barcos que por aquellos años llegaban a la isla. Al viejo le resulta divertido escuchar cómo El Rojo cuenta esa historia sin perder los detalles, siempre saca una pila de fotocopias, de artículos que Bob ha recolectado por años, su vida entera —va contando con su voz pausada, sentado cada tarde en una banca, la misma banca, frente al Océano Pacífico— la ha dedicado a encontrar las pruebas que confirman su historia. Todos tenemos una obsesión que más temprano que tarde nos llevará a la tumba, El Rojo tiene la suya. Roque le responde que sí, porque siempre lo deja hablar, porque qué otra cosa hacen dos viejos sentados en una banca mirando el océano, en el fin de la patria, «el final —dice a veces—, esto es el final, la frontera más al sur de la patria que llega hasta donde alcanza la mirada en ese vasto océano». La mirada hierática y quebradiza de Roque se vuelve pesada cuando ve en el horizonte azul toda la nada que les invade.

El Rojo conoció a Roque un día que sentados en el parque miraban la inmensidad del Pacífico —y parecía, después de un tiempo, que habían estado en esa banca toda la vida, siendo viejos, conversando— viendo el océano como ven el océano los viejos: con paciencia, solo dejando caer la tarde y esperando la noche para dormir, para dormir y soñar que sé es joven de nuevo, una vez más, una única vez cada noche.

Bob habla de una isla distinta, llena de luces, llena de turistas que llegan siempre en los barcos que anclan en el Pacífico. Esa isla ha dejado de existir, solo en la mente de Bob sigue siendo posible. Por eso es que cuando El Rojo habla de la isla habla también de su madre, porque la isla es su madre y su madre, morena, hija y nieta de pescadores trabajó sirviendo tragos a los turistas en los barcos y en el casino, y de él, claro que habla de cuando él no era este viejo rojizo, quemado por el calor abrasador del sur que solo se sienta a ver la tarde caer sobre el océano, cuando él era joven y se enamoraba de jovencitas extranjeras que llegaban en los barcos y a quienes seducía enseñándoles trucos de cartas, porque Bob aprendió los trucos de cartas para no ser pescador como su padre que murió tragado por la furia del océano y nadie nunca encontró su cuerpo.

—¿Te gustaría ser joven de nuevo, Roque?

—Me llamo Moloch, ya te lo dije Rojo, que mi nombre es Moloch.

—Es cierto, Moloch es tu nombre.

Y Moloch sueña que es joven todas las noches, claro que no todas, porque algunas noches Moloch también tiene aquel sueño, ¿verdad?, aquel sueño que lo atormenta y cuando se despierta asustado de él mismo le parece que aún tiene la sangre en sus manos, que nunca se la va a terminar de limpiar, aquella sangre por la que dios nunca va a perdonar a Moloch.

—Cuidá bien tus palabras, rojo de mierda.

Moloch sueña que es joven y que con sus sus brazos jóvenes rodea el cuerpo frágil de aquella mujer, y aquella mujer le dice que lo ama, entonces Moloch recuerda la ternura, recuerda que la ternura era ella, sus ojos y su boca húmeda, recuerda hasta el color favorito de su juventud, porque Moloch también tenía un color favorito cuando era joven.

—Eran buenos tiempos, estabas lejos del olvido que habitamos en esta isla.

Era un tiempo donde el corazón de Moloch no podía con tanta felicidad y entonces la ahogó en cerveza, en agua ardiente barato, se olvidó de la ternura y conoció la locura. Moloch recuerda bien el día que conoció la locura, Bob también lo recuerda, porque Bob estaba ahí.

—Pero no me llamabas Bob, ¿cómo era que me llamabas entonces?, Moloch tenía un nombre para llamarme, para decirme que me tomara un trago con él. Tomate un trago conmigo puta de mierda —me decía Moloch, y entonces yo llegaba y me tomaba un traguito de agua ardiente con Moloch.

—Rojo, a veces te ponés insoportable.

—Todos los viejos somos insoportables, Moloch, es

cosa de darse cuenta nomás. Aquí, todos son tan viejos como vos y como yo, o son tan jóvenes que no conocieron la isla que existió antes que cayera en el olvido.

La palabra olvido tiene un eco distinto a las demás palabras cuando es pronunciada en el final de la patria, allá —piensa Roque, cuando piensa en la palabra olvido— donde la patria existe hasta donde alcanza la mirada. «Es bonita la palabra olvido» le dice a Bob, «es bonita tu palabra» le insiste, «podría escribir un poema con tu palabra, o podría escribir tu historia si tan solo recordara las palabras que se necesitan para contar una historia», y el viejo siente de repente unas ganas, unos deseos incontrolables de fumarse un cigarro, hace mucho que Roque no fuma un cigarro, hace mucho que no hace otra cosa que ver los días pasar. Entonces, lentamente inhala y exhala, con la mano hace que fuma, que se lleva un cigarro a la boca, y le dice a Bob que es tabaco del bueno, «son unos Parisiennes que me ha traído Ana desde Argentina», que si quiere fumar con él, que sí le dice El Rojo, «dame de esa mierda», y los dos se quedan callados, fumando, viendo hacia donde la patria es solo mar y olvido, la ven desde donde la patria es solo polvo y olvido.

—Si todavía fuera escritor, escribiría tu historia, Rojo.

—Si todavía fueras escritor, seguirías escribiendo —le responde Bob, viéndolo por primera vez a los ojos— y entonces escribirías mi historia.

Se quedan viendo a los ojos como si al hacerlo encontraran también las respuestas de aquellas preguntas que nunca se han hecho, que nunca se harán. No se dicen nada porque en el fondo, los dos saben que cualquier cosa que puedan decirse está demás. El Rojo ya no lo mira porque

100

mira sus manos, sus pequeñas manos rojizas que alguna vez fueron las manos de un hombre joven. «Pescar —le dice El Rojo, mientras sigue viendo sus manos— es todo lo que los hombres hacen en esta isla. Nunca han tenido otra cosa». Bob divaga un rato antes de volver a contarle al viejo la historia de cómo su padre y dos hombres más con los que solía salir a pescar fueron sorprendidos en alta mar por una tormenta.

—El mar se los tragó, y jamás volvimos a saber de mi padre y sus amigos.

Y El Rojo deambula por una historia contada mil veces, porque los viejos como ellos deambulan en círculos, en historias que suelen contar una y mil veces, historias que cuentan con un espanto que les descompone el rostro.

—Es por eso que nunca fui pescador, me da miedo el mar —dice El Rojo.

Roque quiso decirle que nunca se es lo que la personas desean de uno, quiso pronunciar las palabras de un hombre sabio que da consejos, pero el viejo no es un hombre sabio, a lo mucho ha envejecido y ahora le toca lidiar con las costras de la vejez, con la lentitud de la vejez, con el andamio azaroso de la vejez. Roque quiso decirle que a él tampoco le fue bien en la vida, pero solo pudo decirle que era poeta.

—Soy poeta a pesar de mis padres —le dijo a El Rojo, con la mirada fija sobre el horizonte oceánico—. Mi padre quería que fuera ingeniero o algo que me hiciera un hombre de verdad, él lo intentó tanto como pudo, no puedo negar que mi padre lo intentó, pero yo solo entendía de poesía.

—¿Escribiste algo que valga la pena?

—Y... —dijo, y levantó sus hombros como se levantan los hombros cuando se está avergonzado.

Entonces, como si un viento lejano lo trajera hacia él por alguna razón que no lograba comprender, el viejo recordó a su padre con su libro entre las manos, el día que se lo regaló, el día que no quedó duda —por si acaso— de que Roque había decidido ser poeta, y su padre le dijo con la voz de un padre que se preocupa por el futuro de su hijo, que la vida era más que esos libros que leía y esas mariconadas de la poesía —le dijo «esas mariconadas de la poesía» porque no encontró otra forma de decirle que estaba preocupado por su empecinada decisión de ser poeta.

Roque piensa en su padre y algo le aprieta el corazón, una mano invisible le aprieta el corazón como queriendo exprimirlo.

Entonces recordó también a su madre, pero su madre lo entendía menos. «¿Para qué tanto libro?, ¿para qué tanto escribir en esas libretas?» decía su madre, «para qué tanto libro si de ahí no sacaba examen, si de ahí solo aprendía cosas raras», y cuando creció, cuando se hizo grande, cuando se hizo hombre todo lo que sabía era escribir. Sus padres nunca lo entendieron, de ellos nunca pudo obtener algo de respeto porque había decidido ser poeta.

—Ya me hiciste enojar recordando cosas que no quiero —le dijo a Bob.

Pero El Rojo ya se había ido, no quiso quedarse a escuchar su lamento, porque no hay nada que nos de más vergüenza, no hay nada que nos de más pena que la vida de un poeta. Y El Rojo se marchó a otro lado a ser viejo, a ser insoportable, a no escuchar a nadie.

—Ana, creo que tenés razón, debemos irnos de esta isla de mierda.

—Después de las elecciones, Superman, quizá después de las elecciones.

—Será muy tarde, para entonces estaré loco, ¿te conté que hablo con un anciano rojo en el parque todas las tardes en las que voy a ver el océano?

—Calmate viejo, que vos ya estás loco.

Una vez más, aquella tristeza, que va y viene cada tanto, le invade el alma al viejo. Entonces decide pedirle lápiz y papel a Ana.

—Voy a escribir —le dice y ella piensa que está bien—. Si no nos vamos de la isla entonces voy a escribir —continúa el viejo, haciendo parecer aquello como una amenaza.

Siempre le dice que es poeta, como Neruda —aunque ella no sepa quién diablos es Neruda—. «Voy a escribir los versos más tristes y vos los vas a leer», le dice.

—Dajáme bañarte y luego te consigo papel y lápiz —le dice por la mañana para calmarlo, para que deje de insistir por un rato, porque el tema se ha vuelto lo más parecido a un rezo de cuarenta días.

Cuando le habla al viejo, Ana acentúa las palabras con cierta ternura maternal. El viejo se deja bañar y se porta bien, porque eso hacen los hijos con sus madres cuando quieren sacarles ventaja. Se portan bien y entonces el pequeño puede conseguir lo que quiere, y lo que quiere es papel y lápiz para escribir. En toda la isla solo hay un lugar donde venden cuadernos y lápices, la bodega de abarrotes donde todas las madres compran la comida para sus casas y los cuadernos y lápices que sus hijos necesitan para la escuela.

Ana le compra entonces un cuaderno de doscientas páginas con el dibujo de una princesa de Disney, se lo da como si le diera un juguete nuevo. El viejo sonríe, toma el cuaderno y una Bic de color azul porque ha sido insistente al explicarle a Ana que el bolígrafo debía de ser azul.

—Soy un poeta.

—Sí, viejo, sos poeta.

Lo deja ahí, solo, contemplando el cuaderno y sus páginas en blanco y Ana piensa en cómo algo tan sencillo lo hace feliz, le da una cierta felicidad. «De eso debe tratarse todo —piensa, no dice nada solo lo piensa—, de eso debe tratar la vida, de encontrar esa felicidad, por extraña que parezca, en las cosas más sencillas». Ella no sabe encontrarla, porque las mujeres como ella no saben cómo encontrar la felicidad que poseen las cosas sencillas, porque las mujeres como ella están rotas, porque alguien las rompió, a Ana la rompió Pastor Morales.

Los días pasan y el viejo no recuerda cómo es escribir, las palabras no surgen o solo ha olvidado cómo encontrarlas, entonces garabatea. Ana le dice que tenga paciencia, que ya volverán.

—Las palabras van a volver —le dice.

Pero el viejo entonces piensa que las palabras se le han acabado o se han ido, que es lo mismo. Intenta recordar todas las cosas que alguna vez quiso escribir porque el viejo sabe, se da cuenta o de alguna solo lo siente, que quizá alguna vez quiso escribir acerca de algo pero nunca pudo, y esa sensación la tiene atravesándole los pensamientos o el vacío que es en realidad su cabeza. Ha olvidado las palabras, ha olvidado cómo escribir las cosas que siente, las cosas que quiere decir, ha dejado de ser escritor porque el alcohol acumulado de años de borrachera le ha quemado el archivo, le ha quemado la posibilidad de decir algo coherente. En la vida real sigue sin encontrar las palabras, porque en su cabeza, en ese mundo imaginario donde habita todo se ha vuelto un tramado complejo de pensamientos, tiene la memoria rota.

Escribir es un reflejo de la memoria, y el viejo parece que ya no tiene memoria, si acaso algunos recuerdos, no muchos o solo la idea de uno que otro recuerdo. Tropieza con ellos de vez en cuando, y cuando eso pasa él cree que ha recordado, pero lo único que ha hecho es tropezar con la idea de un recuerdo. De repente de tanto intentarlo, garabatea —o escribe que para él es lo mismo que garabatear— la palabra «sol», y piensa en la palabra «sol». ¿Cuántas veces puede escribirla sin saber qué es lo que significa la palabra «sol»?

—Es lo que hace que el día sea día, sale todas las mañanas y se oculta cuando llega la noche —le dice Ana, intenta sacarlo de ese laberinto en el que se ha metido desde que dijo que volvería a escribir.

Escribe la palabra «laberinto». Dice que no sabe qué es un laberinto. Dice que no quiere saber qué es un laberinto porque si no puede recordar por sí mismo qué es un laberinto entonces no tiene sentido que ella se lo diga, si de todas formas en un rato va a olvidarlo, y golpea la mesa donde está sentado, intentando recordar cómo escribir, y grita y tira el cuaderno.

—No lo sé, madre, no sé qué es un laberinto.

Llora y grita.

—Madre, vos sos un laberinto —le dice el viejo lleno de cólera.

Es todo lo que es, un amasijo colérico hecho de olvido.

Olvida y no puede, aunque quiera, escribir en su cuaderno de doscientas páginas. Su memoria lo abandona cada día un poco más, y se va quedando encerrado solo en su laberinto. Roque piensa que sabe las palabras que quiere escribir, piensa que puede sacarlas de ahí adentro y ponerlas en el cuaderno con la princesa de Disney en su portada, y cuando piensa que puede, que es capaz, de sacar las palabras se golpea la cabeza. Es como un carrusel averiado que da vuelta, que va y viene, que va y viene pero no logra comprender ese movimiento de su memoria. Se golpea la cabeza y gruñe, y vuelve a golpearse la cabeza, intentando quizá que todo lo que está ahí adentro —si acaso hay algo adentro— por fin se acomode, pero no tiene caso, sigue olvidando, y cada olvido es un dejarse en el vacío de su propia existencia. El viejo es ese bulto de carne flácida y arrugada que no hace otra cosa que andar por la isla. En harapos, sin camisa y en esas sandalias de hule verde que Ana le compró para que no anduviera descalzo.

—Tomá —le dijo—, para que no andes descalzo.

Roque camina todas las tardes desde la casa de la tía Fernanda hasta el parque de la isla, para sentarse a ver el océano —dice que todas las tardes se sienta a platicar con Bob, El Rojo—, y se queda ahí hasta que la luz es solo la sensación de la luz tras el ocaso.

Una noche que el viejo volvía del parque, de ver el océano, Ana le quiso preguntar cuál era su poema favorito, pero solo le tomó el rostro con sus manos —aquellas manos muy finas y muy huesudas—. El viejo la miró y le dijo:

—Madre, he recordado un verso pero se me hace imposible saber quién lo escribió, está aquí adentro —y se golpeó la cabeza con las dos manos sobre su frente—. *La finísima retina del universo mirándose a sí mismo, eso somos* —le dijo, y Ana lloró.

Ese llanto suave le aceleró el corazón al viejo que no sabía —no tenía idea, no quería tener idea— de su significado. Era la segunda vez que Ana lloraba delante de él, la primera había sido aquella noche cuando Pastor Morales le saltó desde la oscuridad.

—Es dios que quiere purificarte, hija mía —le dijo Pastor Morales y Ana lloró toda esa noche.

Pero este llanto era distinto, era más un sollozo que un llanto, era la forma de un llanto en su estado primigenio.

ROQUE

EL 29 DE FEBRERO de 1952, en plena mitad del siglo veinte nació Roque. Judith —su madre, una enfermera auxiliar, hija de un trabajador de la compañía bananera con una cocinera salvadoreña que migró de niña al país con el *boom* bananero— fue internada en el hospital público de El Progreso y dio a luz a ese niño, el menor de sus tres hijos, el único que se hizo escritor, el único que tenía que esperar tres años para cumplir uno, el único que decidió irse del pueblo, apenas tuvo la oportunidad se marchó de aquel lugar donde muchas personas no tienen nunca una oportunidad. Su padre, zapatero de oficio —aunque tuvo muchos otros—, trabajó como si fuera animal de carga durante los nueve meses del embarazo, trabajó casi las veinticuatro horas por un sueldo miserable en un taller de zapatería, cuando la zapatería era un oficio medianamente respetado, lo fue hasta que al país llegaron las tiendas de zapato usado, zapato americano de segunda o tercera, aquellas tiendas de zapatos desvencijados desplazaron eventualmente a los zapateros de la incipiente industria del calzado nacional. El padre zapatero de Roque trabajó duro para poder comprar la ropa de su tercer hijo, para poder alimentar a los dos primeros. Trabajó duro —durísimo, diría después, muchos años después— para poder pagar el alquiler porque entonces no tenían una casa propia. Judith llegó al hospital acompañada de su marido, a él con los años le encantaba contar la historia del nacimiento de su tercer hijo, aquella historia de sacrificio y amor. Se emocionaba diciendo que cuando nació Roque las enfermeras se encargaron de que se alejara lo suficiente, en el patio trasero del hospital, porque el olor de aquellos Pinares que fumaba comenzaba a impregnar las paredes en la emergencia donde su esposa hacía las primeras horas de su labor de parto, junto a otras cuatro mujeres que —como ella, igual que ella— parecía que iban a explotar. El tercer hijo, el último. «La maldición», se dijo Roque a sí mismo tantas veces, con aquella voz interior que todo se lo cuenta. El tercer hijo, nacido en año bisiesto, que «nacer en año bisiesto era una maldición» —se repetía— pero entonces no podía saberlo. Ahora sí, ahora lo sabe, la maldición del año bisiesto lo hizo poeta, y fue esa misma voz interior la que recitó los versos que escribiría un día y la que finalmente le dijo susurrándole que se lo bebiera todo —porque la voz interior siempre le susurra—. «Bebételo todo» le dijo, «bebete todo el alcohol del mundo que para eso has nacido, bebételo todo y hacete olvido» y entonces un día —de tanto hacerse olvido— olvidó todo.

La palabra sol, la palabra mango, la palabra hambre, olvidó todas las palabras —comenzó a olvidar, a caer en el olvido— por culpa del alcohol, o de la marihuana, o de la coca, por culpa de todas esas cosas. Comenzó a caer en un olvido profundo, uno donde ni siquiera se enteraba qué hacía, quién era, qué era, y era un monstruo errante que deambulaba por los rincones más sucios, los rincones más raídos de la ciudad. Gritaba, decía que era Neruda, decía que era un dragón, y era un hombre grande y sucio que bebía con un apetito que podría haber devorado la ciudad entera de haberlo querido, de haberlo intentado, pero no hizo eso, no hizo nada o no hizo gran cosa que era como no hacer nada: escribió un libro, se ganó un premio, lo echaron de su familia, y cayó en el olvido. Todo ese olvido, todo ese abandono, a Roque lo llenó de vergüenza, sobre todo abandonar a su hijo de cinco años y entonces se dedicó a beber, a enredarse entre las piernas de mujeres desconocidas a las que no les preguntaba su nombre. «No quiero saber tu nombre», les decía, «solo quiero comerme ese carbón entre tus piernas» y las mujeres, borrachas, cruzadas de coca, no entendían mucho, o nada, y solo querían devorar al poeta, comérselo entero, y cuando ya estaba todo exprimido y sin dinero, cuando ya no era capaz de recordar los versos de ningún poema porque olvidar era su oficio, entonces iba de rincón en rincón llorando lo que no entendía, lo que no quería entender, su olvido era de carne y hueso, era él.

Nació en año bisiesto. Por esa razón —y no por otra— es que está convencido que sobre su vida ha caído una maldición, un ciclo de cuatro años surgido en el momento de su nacimiento y del que no podrá librarse sino es con la muerte. «La muerte me va a librar cuando venga por mí», le dice a Ana. «La mismísima muerte», insiste. Ana quiere preguntarle cómo es que sabe que la muerte va a librarlo, de lo que sea que necesite ser librado, pero no le pregunta nada porque como casi siempre solo lo mira hablar y a veces solo lo deja hablar porque el viejo cuando habla de la muerte pareciera que entra en trance, pareciera que entra en un lugar desconocido a donde solo él va y ya no escucha a nadie, excepto a la muerte porque el viejo dice que a veces habla con la muerte, que se cuentan sus cosas, que solo son dos viejos conversando de su vejez, de su olvido, porque qué otra cosa son dos viejos que conversan sino un olvido compartido.

Llueve y él piensa en la muerte, porque a veces cuando llueve el viejo cree también que la lluvia es la muerte. Roque, con la insistencia con la que los viejos dicen las cosas, dice que el sonido de la lluvia sobre el techo de las casas es la voz de la muerte susurrándole algo que aún no termina de comprender pero que —está seguro, muy seguro— más temprano que tarde va a entenderlo todo, va a entender todo lo que la muerte siendo lluvia le dice cuando cae sobre el techo de las casas y se pregunta entonces qué mes es este como para que llueva así de fuerte, agosto o septiembre, podría ser diciembre, el tiempo transcurre distinto para él, no lo percibe del mismo modo. El viejo todo lo que hace es pensar en la muerte porque encerrado en ese lugar —a donde va cuando habla de la muerte— solo puede pensar en la muerte. La muerte de tanto pensar en ella le habla, el viejo dice que habla con la muerte, y la muerte le dice que las únicas dos cosas que puede hacer en ese lugar a donde va cuando entra en trance es pensar en ella y morirse.

«Qué mes es este como para que llueva así de fuerte», dice el viejo. «Es octubre», le dice a Ana, y ella le contesta que cómo sabe. «Porque en octubre llueve más», y el viejo sigue viendo la lluvia, y la escucha caer con atención porque sabe, o cree que sabe que es como saber sin saber, que ese sonido que hace la lluvia al caer es la voz de la muerte, porque la lluvia no solo es la lluvia, también es la muerte. «Podría solo ser noviembre y ya —le insiste Ana— como en aquella canción» y a punto de sonreír de ternura se le queda viendo nada más. «Es octubre», repite él y se queda callado viendo la lluvia, fingiendo estar perturbado por algo para que Ana no siga con aquello porque él todo lo que quiere, todo lo que necesita, es volver a pensar en la muerte, volver a hablar con la muerte. A Ana no le importa la lluvia, porque una mujer rota llueve por dentro, ella es la lluvia, y el viejo no se entera porque no se entera nunca de nada. Ana es la lluvia y es octubre, y es noviembre. Ana es la lluvia y todos los meses del año porque una mujer rota es la lluvia y todos los elementos, es el calendario y toda forma de medir el tiempo. Pero el viejo no se da cuenta porque no darse cuenta es una forma de seguir adelante, ignorándolo todo, hablando con la muerte porque hablar con la muerte es la única cosa importante que hace un viejo.

«Allá, al sur del sur está mi muerte», dice el viejo metido en ese trance en el que se mete cuando habla con la muerte, cuando dice que habla con la muerte y entonces su mirada como que se pierde en algo que está fijo y distante en el horizonte y que nadie más que él es capaz de ver, porque solo él puede ver su muerte. Ana le pregunta

113

que dónde es allá y él sigue diciéndole que su muerte está en el sur del sur, ella entiende cada vez menos, cada vez se desespera un poco más, porque el final de una vida es eso, desesperar, hablar desde la incertidumbre. La muerte —su muerte— si acaso, no está en el sur de ningún sur, sucedió hace mucho en las cantinas del *downtown*.

Ana lo cuida, le dice que sí, que allá está su muerte y él sonríe, porque a veces sonreír es su forma de quedarse en silencio, su forma de aislarse del dolor, de su infinito dolor de muerte que no llega, de muerte que huele a lo que huele la muerte: a sangre y sudor, a carne pudriéndose despacio. Porque eso es el viejo: sangre y sudor, un saco de carne pudriéndose despacio. Desde hace mucho tiempo es un cadáver que se resiste a ser cadáver. Sangre y sudor que se acumulan —que se han venido acumulando lentamente durante muchos años— en esa carne que se pudre despacio, tanto como puede, para heder. Sangre y sudor que se acumulan en esa carne para ser herrumbre de sí misma. Eso y no otra cosa, la lástima, la cosa esa que anda y desanda la muerte: sangre y sudor que sostenida entre carne y hueso no sabe hacer otra cosa que fundirse en un dolor profundo. Eso es su muerte, lo que siente debajo del estómago es su muerte, lo que deja de ver cuando llega el mareo es su muerte, lo que vacila nombrando la lluvia cuando llueve, eso es su muerte. Sangre y sudor que hiede, muerte que se amasija entre carne y hueso. Muerte que olvida las palabras, y si en su muerte olvida las palabras no puede nombrar su existencia. El viejo muere incapaz de nombrarse a sí mismo.

«Allá está mi muerte», y ella le dice que sí, que allá está su muerte, entonces el viejo sonríe. Piensa en el sur, en un sur lejano y desconocido, un sur esquivo entre el calor y la evaporación salina. Allá no hay nada, le dice entonces, solo mi muerte y Ana lo ve como se ve a quien ya solo le queda enfrentar la muerte propia. Entonces no sabe si lo ve con lástima o con miedo porque a veces en estas situaciones el miedo se parece bastante a la lástima. Cuando se ve la muerte de otra persona con solo ver dentro de sus ojos, la lástima también puede ser miedo. Y aún así, Ana no sabe que lo que ve cuando ve a los ojos a Roque es su muerte, su dolor de muerte.

Roque sabe que ese dolor no es dolor, es la muerte. La ha estado esperando desde que la negra lo sacó de su vida, desde que comenzó a deambular por los callejones más oscuros y sucios de Tegucigalpa. «La muerte no es otra cosa que el olvido», le dice a Ana, «la muerte no es otra cosa que uno olvidándose de sí mismo», le insiste. «La herrumbre de tu propia Patria, y mi Patria está allá donde está mi muerte», y Ana le dice que sí, que debe dormir. Y se duerme pensando en la muerte. Ya no sabe en qué está pensando, se duerme pensando en la idea de la muerte, en el dolor que siente, en la risa que le saca la muerte aunque no sepa que se ríe de la muerte. Todas esas cosas no tienen sentido, entonces se queda dormido y sueña con la muerte, porque un hombre que ve su muerte, que habla con su muerte, espera la noche para soñar con su muerte.

No siempre sueña el viejo con la muerte. A veces confunde los sueños con recuerdos y dice que la memoria se le repara cuando está dormido. Solo cuando duerme su memoria vuelve a estar en paz y deja de ser ese laberinto en el que despierto permanece perdido. Dormido, sueña o recuerda —él no lo sabe bien—, pero sueña que habla con la negra. Ella le dice que lo ama, él le dice que lo siente, que siente todo lo que no fue para ella y para Federico, se disculpa por todos los años que nunca estuvo. Cuando sueña con María Luisa la sueña metida en aquel vestido amarillo que usó la tarde en que se hospedaron frente al mar, en aquel hotel del que no recuerda más que el olor de la madera en la habitación. Esa tarde no fueron a la playa, se quedaron en la cama para hacer el amor hasta que el hambre pudo más que aquella pasión desenfrenada de jóvenes convirtiéndose en hoguera y cuando caía el sol sobre el horizonte caribeño, salieron a buscar una cena costeña: arroz con camarones al ajillo, porque la negra decía siempre que los camarones al ajillo era el plato más delicioso que en su vida probó.

El viejo sueña, y cuando sueña recuerda que esa noche durante la cena le dijo a María Luisa que iban a envejecer juntos. «Cuando estemos viejos y arrugados vamos a contar nuestras arrugas mutuamente», recuerda que le dijo. El viejo llora por no haber cumplido esa promesa. Despierta de su sueño y la risa de la negra le viene de pronto, la risa escandalosa de María Luisa. Todo eso ha quedado perdido en su laberinto, en su carrusel diabólico que lo ha llevado a caminar durante muchos años por el lado más salvaje de la vida, pero jamás el sonido de su risa, su risa jamás se perderá en su laberinto, aunque el viejo haya días en los que no sepa de quién es la risa que recuerda. Aquello fue hace tanto tiempo, hace tantos años, que el único sonido que el viejo puede recordar es el sonido de la risa escandalosa de la negra que lo invadía todo en él.

María Luisa —recuerda a veces el viejo— tenía un rostro

de niña bonita y bien cuidada, los dedos delgados y largos, su pelo negro —tenía el pelo muy negro— y ese culo pequeño, redondo y firme que a él le gustaba tomar entre sus manos. La recuerda en fragmentos, un detalle a la vez cada vez que puede recordarla, jamás un recuerdo entero, siempre fragmentos sueltos que a veces ni siquiera se entera que es a ella a quien recuerda. A veces sus labios, únicamente sus labios, otras solo la textura de sus manos o la forma de sus dedos. Así pasa los días, encerrado en su laberinto, porque el viejo es un laberinto y es también el minotauro. Cuando sueña con María Luisa sueña que la mira como se ven los enamorados: sin ningún temor por el futuro. El futuro estaba en sus ojos, en esos ojos castaños y profundos que estaban viendo hacia el mar y no a él cuando Roque jugaba a contar sus arrugas, cuando le habló de envejecer juntos y la ternura desbordada desde su boca, cuando le hablaba hasta sus dedos que tocaban su piel morena intentaban convencerle de que aquello era hermoso, que aquello que estaba sucediendo era un lugar para quedarse, para vivir juntos, para envejecer juntos. Ella estaba en otra cosa, en un no sé qué, perdida en algo lejano de lo que nunca habló como si supiera del futuro. Esa noche bajo la promesa de pasar la vida a su lado, María Luisa parecía saber lo que estaba por venir, aún así se quedó, quién sabe si para saber si era cierto, si era verdad eso de envejecer juntos hasta que ya no se tenga otra cosa que contar las arrugas del otro.

El viejo se sienta a ver el océano esperando que aquello sea una señal, una fatalidad o una señal del cielo, porque siente que algo le pasa, algo que jamás ha sentido nunca, Roque comienza a mostrar síntomas de estar verdaderamente averiado, enfermo. Se lo dice mientras la mirada —como siempre que se sienta a mirar el océano— la tiene perdida en el horizonte azul y su cabeza da vueltas en esa idea de la muerte: una mujer que escucha en la lejanía y que llora, y que llorando pronuncia su nombre. Está encerrado en este lugar y este lugar es un *loop* que parece interminable, un laberinto, es su carrusel diabólico que inevitablemente debe parar, porque solo deteniéndose puede volver a empezar, cumplir el ciclo. Sentado a su lado como siempre, El Rojo está ahí pero está como no estar, callado, solo viendo hacia la nada, pensando quizá en aquellos años en los que la isla no era solo polvo y olvido, aquellos años en los que la isla no era el final de la Patria, más bien algo, un trozo de la Patria. El Rojo siempre está pensando en aquellos años. El viejo se le queda viendo a Bob y le dice que está callado, que nunca lo había visto así. «Pero está bien, Rojo, porque está bien estar aquí, únicamente sintiendo el aire, oliendo el océano» y El Rojo sonríe, no dice nada porque sabe que no está bien estar en este lugar. Roque se sienta a ver el océano, queriendo escuchar la voz de la negra pero la negra nunca ha puesto un pie en esta isla polvorienta, en el fin de la Patria, el final, aquí es el final de la patria dice el viejo y cuánto agradezco que la negra no conociera este lugar. La isla también es un vacío indescifrable que ha nacido en el corazón del viejo, el corazón atómico de Moloch que estalla de tanto olvido. «Uno se muere de tanto olvidarse de uno mismo, Rojo», le dice a Bob queriendo encontrar la respuesta para una pregunta que no ha hecho. Es este lugar vacío —tan sin nadie, tan sin nada— que le quiebra más el alma, le da un mareo profundo, y entonces siente que se muere. «Es este lugar, Rojo, este lugar tan sin nadie, tan sin nada», y se toca el corazón. «A veces ya no quiere latir y entonces me asusto, me da un susto terrible, Rojo». El viejo le pregunta a Bob si alguna vez ha sentido que la muerte viene por él. «Yo lo sé —le dice, ahora como en un susurro, como queriendo que nadie más le escuche decirlo—, lo siento aquí, en el pecho». El Rojo sigue callado, lo deja hablar y hablar, mientras su voz se confunde con el ruido del océano. Están ahí, los dos siendo nada, siendo nadies.

—Moloch viene de soñar, —le dice entonces El Rojo, rompiendo su silencio y el viejo se le queda viendo, quizá esté pensando, o quizá solo esté en blanco, ahora que ha escuchado la voz de Bob.

No le contesta, ni siquiera lo ve, permanecen sentados uno a la par del otro, jugando a callarse cuando el otro habla. El ruido del océano ahora le parece un susurro lejano, una parvada de aves migratorias. Moloch sueña con aquella mujer porque solo cuando sueña con aquella mujer olvida que se está muriendo, El Rojo se pone necio, insiste, estira todo lo que puede una conversación de la que el viejo no quiere ser parte. El silencio es su respuesta habitual, cuando El Rojo habla como si supiera más cosas de las que dice y El Rojo sabe más cosas de las que dice.

—No te pongás necio, Rojo, ya hemos hablado de eso.

—Esa mujer no es la mujer que alguna vez amaste y te amó, lo sabés bien pero te hacés el pendejo. Entonces le ponés un nombre con el que te sentís bien, y te enamorás de ella como te enamoraste de María Luisa pero no son la misma mujer. Esa mujer no es María Luisa, vos lo sabés, yo lo sé, ella lo sabe, entonces, ¿por qué no me querés contar tu sueño?

—Por qué te voy a contar algo que vos ya sabés, conocés perfectamente ese lugar al que voy para escaparme de vos.

—Porque al contarlo te das cuenta que no existe.

—Rojo, a veces podés ser una persona insensible. Me queda la duda si en realidad sos una persona, si en realidad existís.

—Existo —le dice El Rojo, con aquella voz pausada, casi lenta, casi dibujando las palabras en el aire al pronunciarlas—, estoy aquí escuchando el océano con vos.

—Y yo estoy aquí escuchando el océano.

—No es cierto. Moloch viene aquí para escuchar la voz de esa mujer con la que sueña. Moloch cree que sueña con María Luisa pero en realidad sueña con la muerte.

Entonces el viejo se enoja, y se da cuenta que El Rojo tiene razón, que aquella mujer con la que sueña es la mujer que llora su nombre. Cuánto le fastidia que El Rojo tenga razón. No tiene otra que darle la razón aunque no le guste: el viejo va a escuchar el océano porque cuando escucha el océano le parece que escucha la voz de aquella mujer. Esa mujer que no es María Luisa, porque esa mujer que llora —que llora su nombre— no puede ser la negra, es la muerte que viene por él, que está llegando, que ha estado llegando desde hace muchos años, desde aquellos años en los que el viejo creía que se podía beber todo el alcohol del mundo en las cantinas del *downtown*. Aquella voz se lo decía, le susurraba diciéndole que se lo bebiera todo, que se bebiera todo el alcohol del mundo, y el mundo para el viejo era estar metido todo el tiempo chupando guaro, tragando cerveza a lo tonto, metiéndole mano a aquellas mujeres grandes y golosas en las cantinas del *downtown*. Entonces bebía como beben quienes creen que el mundo se acaba cuando se acaba cada botella.

Ana camina a través de un largo pasillo, sus pasos redoblan un eco constante entre las paredes, si no fuera por eso se podría decir que el lugar es extremadamente silencioso. Al viejo le gusta el silencio, dice que le gusta porque le ayuda a estar ausente entre los ausentes, entre los que no importan, los que dejaron de existir hace mucho tiempo. Él —en todo caso— vive lejos de este lugar silencioso, vive en un lugar donde el ruido del océano y el sol son una sola cosa, el viejo cree que esa cosa es aquello que una vez le dijo Ana sobre este lugar y su capacidad de imantar el alma, su capacidad de anclar los cuerpos de las personas porque esta isla tiene algo que imanta el alma.

El Rojo le dice que ya se ha acabado todo —su voz se vuelve quebradiza, apenas dice «todo»—, y cuando dice todo se sorprende, y no sabe si le gusta o no, pero se sorprende viendo el horizonte oceánico, el color del sol cayendo sobre el agua, sobre esa infinidad azul —oscura, profunda—, la brisa que huele a sal húmeda, el sudor en el rostro a las cuatro de la tarde y el olor del café, porque alguien en la lejanía está haciendo café, El Rojo quiere decirle a Roque que alguien está haciendo café pero no se lo dice, es una obviedad. «Se ha acabado todo», le repite entonces, pero con sus ojos que están a punto de romper en llanto desconsolado, a Bob le delata el deseo de una última conversación en nombre de la amistad sincera, y quisiera proponérselo, quisiera —aunque no se atreve— decirle que se queden ahí toda la tarde viendo el mar, hablando de nada, dejando pasar las horas porque los viejos como ellos hablan de nada porque así se olvidan que las horas pasan, que el tiempo sigue afectándoles. «Se ha acabado todo, viejo, el tiempo y tus apuntes en ese cuaderno, los atardeceres y la brisa salada, Pastor Morales y su vida más allá de la vida, Ana y Fernanda, el pescado frito con tortillas y ese café espantoso que todas las mañanas te bebés antes del desayuno, todo eso se ha acabado, incluso mis historias sobre esta isla. Se ha acabado, viejo», le dice El Rojo y voltea buscando una pequeña mirada lastimera en forma de ruego, o un pequeño sollozo de cachorro abandonado con hambre y frío, pero el viejo ya no está escuchando, se ha ido, tiene esa mirada estúpida que pone cuando dice que está pensando, cuando está ausente, y entonces esa mirada hierática no lo deja en paz, el viejo se pierde, se va y no sale de su laberinto, su carrusel diabólico. El Rojo lo sabe, lo deja estar ahí, ausente, lejos de todo con el recuerdo, con eso que él llama recuerdo pero nadie sabe. Lo deja irse lejos, le permite una última vez que piense en ella, que le acaricie el pelo y bese su boca, si quiere puede desnudarla y chuparla toda, y quedarse en ella, diciéndole que la ama, diciéndole que esta vez sí se va a quedar junto a ella para envejecer juntos, y seguir chupándola hasta que le diga que ya no, que todo se ha acabado. El Rojo lo sabe, lo deja estar así, lejos, evitando —queriendo evitar— la muerte, queriendo quedarse con María Luisa para siempre.

122

El viejo recuerda o cree que recuerda, a veces no lo tiene claro: porque los recuerdos a veces son confusos, parecen otra cosa, parecen todo un invento y entonces inventa que una vez se detuvo a ver cómo es que Comayagüela cae como agua que baja de la montaña hacia Tegucigalpa. Lo hace a propósito, pensar en ese recuerdo o inventar ese recuerdo, de una pila de recuerdos elige ese o inventa ese o no puedo elegir y entonces es lo que tiene: inventar un recuerdo, porque ese recuerdo le ayuda a recordar el día en que Federico nació, porque cuando piensa en la ciudad piensa en el nacimiento de su hijo, y si piensa en el nacimiento de su hijo deja de escuchar la voz de El Rojo diciéndole que todo se ha acabado.

—Todo se ha acabado. Es hora. —Le dice El Rojo, y cuando se lo dice la voz parece quebrársele, frágil, poco menos que un llanto suave, como si no quisiera pronunciar esas palabras.

Entonces Roque quiere intentar una estrategia, quiere probar algo distinto. Se le ocurre, y parece buen momento para que se le ocurra, que si comienza a hablar de cualquier cosa entonces podrá retenerlo ahí, entretenerlo con una baratija de historia, quiere —intenta, solo un poco, tantea— que Bob caiga en la distracción: quiero contarte una historia —dice, de repente sabe o se acuerda cómo es contar historias— sobre un animal milenario, uno que duerme profundamente. Siempre que algo importante lo enfrentó, siempre y casi sin excepciones, Roque encontró una salida, para eso era escritor dijo muchas veces, para encontrar las mejores formas de escapar, porque un escritor es un escapista. Un escritor es alguien que siempre está buscando —algunas veces con mejor suerte, pero siempre está buscando— la forma de escapar de esto que la gente llama realidad, que llama el mundo real, lo verdadero, pero Roque es poeta, sabe inventar, siempre supo inventar una historia verdadera, así se mantuvo en silencio, así logró atraparse a sí mismo en ese laberinto, así fue cuando inventó que él era el minotauro. Metió todo en una caja imaginaria y tiró la llave al océano, se dejó tragar por aquella historia, por su invento. Inventó que era olvido, y siendo olvido se olvidó de todas las cosas importantes.

Roque intenta un escape que parece brutal, el plan de un genio. Las palabras que había olvidado, que había extraviado en las cantinas del *downtown*, de repente están con él, ha abierto la caja y ya no parece aquel viejo que da pena, que de tanta vergüenza acumulada prefiere quedarse en silencio, en ese silencio que era en realidad su propio olvido porque Roque construyó con relativo esfuerzo durante años una casa —un hogar para él solito— que llamó olvido, que llamó isla, que dijo estaba en el sur del sur, un sur imaginario, un sur tan real como el atardecer que está viendo en este momento, un sur donde suceden cosas insignificantes: todas las mañanas una mujer prepara café para que su marido pescador tenga algo caliente que llevarse al estómago cuando vuelva de alta mar. Roque piensa que habría sido mucho más hermoso dedicarse a contar esas historia que haberle hecho caso a esa voz que le susurró, que le dijo bajito como se dicen los secretos, que se bebiera todo el alcohol del mundo, que se hiciera olvido, que olvidara quién era. Y Roque no era muchas cosas: un poeta, un remedo de marido, un mal padre, sobre todo un mal padre: ausente, ensimismado, borracho, caído en la más profunda de las desgracias, él fue todo eso, su olvido, incluso —sobre todo— cuando escuchó a Bob diciéndole que todo había llegado a su final, «se ha acabado, es hora», dijo El Rojo con aquella voz suave, casi imperceptible, apenas una voz.

Tegucigalpa existe en el fondo de un abismo, y sus paredes infinitas son Comayagüela cayendo —lenta y fuera de foco— en filas de casas pequeñas de ladrillo rojizo. El fuego y el carbón de un dragón que duerme, afortunadamente, soñando con el día que nos creó: pensó en nosotros y nacimos de la luz de una flama de fuego expulsada de su garganta. Todo eso quiso decírselo el viejo a Bob, pero El Rojo —pensó Roque— no entendería nada. Una pérdida de tiempo, todo aquello parecía más un intento bobo de alargar una situación, de forzar un alargue innecesario. Se descubre pensando aquella compleja estrategia para ralentizar el conteo regresivo, se queja sin quejarse, se da cuenta por fin que debe afrontar que todo se ha acabado.

Es el atardecer del último día, las palabras parecen volver de a poco. El viejo habla como hablaba antes de caer en el olvido, como hablaba antes de ser olvido, habla para mantener el ritmo del recuerdo. Entra en ese juego que no sabe —no tiene certeza, no puede tenerla— si lo que dice le dará más tiempo, unas horas más, hasta que el sol termine de caer sobre el horizonte y se esconda detrás de la vastedad oceánica. Habla inventando un recuerdo, habla para postergar aquello que no puede ser postergado. El Rojo lo sabe, lo deja estar ahí, en ese lugar donde va cuando dice que escapa de su muerte. Entonces el viejo comienza a confeccionar un recuerdo jugoso, uno que no sabía podía ser recuerdo, pero sí, es un recuerdo auténtico. Y entonces se decide: Roque le explica a Bob cómo es ver Tegucigalpa desde un punto alto. Casi en las afueras de la ciudad se puede ver eso, se puede ver así a la ciudad y pensar que aquel lugar es un dragón dormido, un dragón que lleva miles de años dormido, le cuenta con cierto entusiasmo. Pero El Rojo no quiere hablar de la ciudad, por eso no le contesta, no le dice nada, se queda callado viendo que el atardecer se precipita hacia el final, su final, el fin de una vida.

El día más feliz en su vida —reacciona por fin, dejando de lado esa conversación innecesaria sobre la ciudad— fue el día en que nació Federico, y entonces lo cargó en sus brazos, el cuerpo pequeñito de aquel niño recién nacido y mestizo. Su rostro diminuto, su respiración acelerada, y el sonido más hermoso, el viejo cree que es el sonido más hermoso, que jamás escuchó un sonido con similar aproximación a la belleza que el sonido de la voz de su hijo cuando su hijo lloraba y pedía colgarse de la teta de su madre, y su madre entonces lo tomaba entre sus brazos y le ponía la teta para que succionara, para que le chupara toda la leche, para que la dejara famélica, callada de tanto cansancio porque alimentar un recién nacido produce un cansancio profundo, porque parir es agotador.

El viejo se dejó llevar por el recuerdo y pensó en el rostro cansado de María Luisa, el agotamiento feliz de haber parido a su hijo, el fruto de un amor con fecha de caducidad pero que entonces, sumergidos en la clara felicidad de la paternidad recién estrenada, no sabían que ese amor estaba a punto de acabar para dar paso al infierno, como si un sonido estridente haya despertado al dragón que habitaba dormido dentro de Roque.

Comienza a sonar *I'm Your Boogie Man* de KC and the Sunshine Band desde el equipo de sonido que la tía Fernanda ha visto a bien que permanezca en la sala de su casa. Una luz cegadora viene con la canción para llevarse al viejo a aquel bar en el *downtown* donde sonaba esta misma canción la noche que conoció a María Luisa y las cervezas le tenían embotada la cabeza, revolviéndole las ideas y nublándole el sentido común, y precisamente por eso accedió a fumarse aquel porro con ella cuando los dos se hartaron de la gente que tenían al rededor. Los dedos largos y delgados de la negra armaron el cigarro y lo encendió, el viejo no recuerda nada después de eso, solo que los dos se quedaron viendo las luces de la ciudad desde la terraza del bar.

El viejo no lo sabe todavía pero ha comenzado el eterno retorno y se está muriendo. El viejo se está muriendo pero antes de que el corazón se detenga y su latido envíe la última porción de oxígeno a su cerebro va a volver al lugar donde fue feliz y a donde no lo fue.

Dicen que cuando morimos, cuando nos estamos muriendo, en ese instante somos capaces de recordar de un solo toda nuestra vida. Roque pensó en eso cuando escuchó a Bob decir que todo había llegado a su final. «Se ha acabado todo», le dice El Rojo, «tenemos que irnos, es hora», insiste, y en lugar de pensar que había llegado su hora, sus pensamientos, su máquina rota comenzó a funcionar —motivado tal vez, por el impulso último, por la necesidad de seguir en este mundo—, y entonces recordó, o recuperó un recuerdo lejano, ese donde aún tiene el sabor de la entrepierna de María Luisa entre su lengua y sus labios, y ella susurra algo inteligible cuando Roque la penetra por primera vez. Recuerda cómo se sintió estar dentro de la negra esa primera vez en la vida, y en eso estaba cuando fue interrumpido por el quejido de Bob.

—Jum —dice El Rojo, por decir algo. —Habría pensado que querías ir a otro lugar.

Se explica, innecesariamente porque Roque, aunque parece que no, sí lo escucha y está como en trance, conmovido. Entonces El Rojo le dice que si acaso no hay un lugar que sea mejor que ese.

—¿Qué lugar sería mejor?

—El día en que nació Federico.

Roque sabe que El Rojo tiene razón, que ese es el mejor lugar. Volver a Federico es el mejor lugar y entonces le parece sentir el cuerpo pequeño, mestizo, y suave de su hijo a los tres años inventando un lenguaje nuevo para nombrar a su padre.

—Se ha acabado, es hora. —Repite Bob, despacio, suave. Las palabras de El Rojo son como un objeto inamovible.

—Sí, rojo de mierda. Es hora, se acabó.

Martín Cálix

El Progreso, Honduras, 1984.

Escritor y fotógrafo. Ganador del XIV Certamen Internacional de Poesía Joven Martín García Ramos, 2015. Ganador del XXX Juegos Florales de Santa Rosa de Copán, 2016. Ganador del IV Premio Nacional de Poesía Los Confines, 2020. Premio Ortega y Gasset 2020, por la investigación periodística Transnacionales de la fe, proyecto coordinado por María Teresa Ronderos del Centro Latinoamericano de Investigación Periodística (CLIP), y Giannina Segnini de Columbia Journalism Investigations y ejecutado por 16 medios de América Latina. Es autor de los libros *Partiendo a la locura* (Ñ Editores, 2011 | segunda edición para Casasola Editores, 2012), *45°* (Ñ Editores, 2013), *Lecciones para monstruos* (90s Plaquettes, 2014), *El año del Armadillo* (DIFÁCIL, 2016 | segunda edición para Editorial Universitaria, 2019), *La danza de los papagayos* (Efímera Editorial, 2021) e *Hijos del sol* (Malpaso Ediciones, 2022). Exposiciones fotográficas: Exposición Colectiva «Let´s Leave» (Estados Unidos, 2019), Exposición Colectiva «Junkerland in Bauernhand» (Alemania, 2018), Exposición Colectiva Centro Cultural Emerge (Estados Unidos, 2018), Exposición Itinerante Individual «The Silencing of Dissent: How Freedom of the Press is Threatened in Honduras» (Estados Unidos, 2018), Exposición Colectiva «DataArt: Periodismo y Arte» (Honduras, 2017).

UNIÓN
EDITORIAL
CENTROAMERICANA

Impreso en Estados Unidos
por Casasola Editores

MMXXIII